CB069581

A FÓRMULA PREFERIDA DO PROFESSOR

Yoko Ogawa

A FÓRMULA PREFERIDA DO PROFESSOR

Tradução do japonês
Shintaro Hayashi

3ª edição

Título original: *Hakase no Aishita Sûshiki*
© 2003 by Yoko Ogawa
Publicado originalmente por Shinchosha Publishing Co. Ltd., Tóquio
Direitos da edição em português acordados com Yoko Ogawa por intermédio do Japan Foreign-Rights Centre / Ute Körner Literary Agent, S.L.U., www.uklitag.com
© Editora Estação Liberdade, 2017, para esta tradução

Preparação	Rita Kohl e Fábio Fujita
Revisão	Marise Leal
Assistência editorial	Gabriel Joppert e Letícia Howes
Edição de arte	Miguel Simon
Imagem de capa	"Palácio Imperial de Kyoto e jardim" (2008). © Chris Steele-Perkins/Magnum Photos/Latinstock
Coordenação de produção	Edilberto F. Verza
Editor responsável	Angel Bojadsen

JAPANFOUNDATION

A EDIÇÃO DESTA OBRA CONTOU COM SUBSÍDIO DO PROGRAMA
DE APOIO À TRADUÇÃO E PUBLICAÇÃO DA FUNDAÇÃO JAPÃO

CIP-BRASIL. CATALOGAÇÃO NA PUBLICAÇÃO
SINDICATO NACIONAL DOS EDITORES DE LIVROS, RJ

O28f

    Ogawa, Yoko, 1962-
      A fórmula preferida do professor / Yoko Ogawa ; tradução Shintaro Hayashi.
-- 1. ed. -- São Paulo : Estação Liberdade, 2017.
    232 p. ; 21 cm.

    Tradução de: Hakase no aishita sûshiki
    ISBN: 978-85-7448-279-8

    1. Romance japonês. I. Hayashi, Shintaro. II. Título.

17-39395   CDD: 895.63
                       CDU: 821.521-3

30/01/2017   01/02/2017

Todos os direitos reservados à Editora Estação Liberdade. Nenhuma parte da obra pode ser reproduzida, adaptada, multiplicada ou divulgada de nenhuma forma (em particular por meios de reprografia ou processos digitais) sem autorização expressa da editora, e em virtude da legislação em vigor.
Esta publicação segue as normas do Acordo Ortográfico da Língua Portuguesa, Decreto no 6.583, de 29 de setembro de 2008.

EDITORA ESTAÇÃO LIBERDADE LTDA.
Rua Dona Elisa, 116 | Barra Funda
01155-030 São Paulo – SP | Tel.: (11) 3660 3180
www.estacaoliberdade.com.br

博士の愛した数式

1

Eu e meu filho o chamávamos simplesmente pelo apelido, "Professor". E o Professor também chamava o meu filho pelo apelido, "Raiz", por causa da cabeça achatada, que lembrava esse símbolo matemático.

— Puxa, há muita inteligência aqui dentro! — disse o Professor, afagando a cabeça do garoto, sem se incomodar em desalinhar seus cabelos. Meu filho, que costumava cobrir a cabeça com um boné para evitar as caçoadas dos colegas, encolheu o pescoço para se proteger.

— Se você souber usar bem isto aqui, conseguirá pôr todos os números em seus devidos lugares, até os números infinitos e os invisíveis.

E o Professor desenhou sobre um canto da escrivaninha empoeirada este símbolo:

Dentre as incontáveis coisas que ele nos ensinou, a mim e ao meu filho, o significado da raiz tem um lugar muito importante. Creio que ele detestaria essa expressão, "incontáveis coisas", já que para ele o mundo inteiro poderia ser descrito através da matemática. Mas que outra expressão eu poderia usar? Sim, aprendemos com o Professor sobre números primos gigantescos com dezenas de milhares de casas decimais, sobre o maior número já utilizado em demonstrações matemáticas, registrado no *Guinness Book*, sobre a concepção matemática daquilo que ultrapassa o infinito. Mas, por melhor que eu mobilize esses conhecimentos, eles não se comparam à densidade das horas que passamos com o Professor.

Lembro-me muito bem de quando nós três experimentamos a magia de inserir números sob o símbolo matemático da raiz quadrada. Foi numa tarde chuvosa no início de abril. A lâmpada incandescente estava acesa no gabinete escuro, a mochila do meu filho jazia largada sobre o tapete, e diante da janela o abricó florido estava molhado pela chuva.

O que o Professor exigia de nós, em qualquer momento e em qualquer circunstância, não eram simplesmente respostas corretas. Alegrava-se também com respostas erradas, totalmente absurdas, inventadas em cima da hora. Preferia-as ao silêncio constrangido de quem não sabe o que dizer. E se alegrava ainda mais quando elas geravam novas questões, que transcendiam a original. O Professor tinha uma noção particular de "erro certo", e sempre conseguia nos transmitir confiança justamente naquelas horas em que, por mais que pensássemos, não conseguíamos achar a resposta correta.

— Que tal enfiarmos agora o "menos um" debaixo da raiz? — perguntou ele.

— Quer dizer, encontrar um número que, multiplicado por ele mesmo, dê "menos um"?

Meu filho acabara de aprender frações na escola, mas já conseguia conceber a existência de números menores que zero. Menos de trinta minutos de explicações do Professor haviam bastado para isso. Nós imaginamos o $\sqrt{-1}$ em nossa cabeça. A raiz quadrada de 100 é 10, a de 16 é 4, a de 1 é 1. Portanto, a de -1 é...

O Professor jamais nos pressionava. Ele adorava observar nossa expressão enquanto cogitávamos.

— Será que esse número existe mesmo? — arrisquei, com cuidado.

— Ora, se existe. Está aqui — disse ele, apontando o próprio peito. — É um número muito discreto, não gosta de dar na vista, mas está direitinho dentro do nosso peito, sustentando o mundo inteiro com suas mãozinhas.

Nós ficamos em silêncio novamente. Tentávamos imaginar como seria esse número, a raiz quadrada de menos um, que pelo jeito estava em algum lugar distante com os braços bem esticados. Só se ouvia o ruído da chuva. Meu filho tocou a própria cabeça, como se quisesse certificar-se de que o símbolo da raiz continuava ali.

Mas o Professor não era um homem apenas preocupado em ensinar. Era humilde diante das coisas que ele próprio não sabia, e tão recatado quanto a raiz quadrada de menos um. Sempre que me chamava para pedir algo, ele começava dizendo:

— Me desculpe, por favor, mas...

Não se esqueça disso nem para as menores coisas, como quando pedia que eu ajustasse o botão da torradeira para três minutos e meio. Eu girava o botão e o Professor esticava o pescoço para observar o interior até o pão torrar. Permanecia absorto nessa atividade como se estivesse acompanhando uma demonstração, por mim elaborada, rumo a uma verdade — e como se essa verdade fosse tão valiosa quanto um teorema de Pitágoras.

Em março de 1992, eu fui pela primeira vez à casa do Professor, apresentada pela Agência Akebono de Empregadas Domésticas. Eu era a mais jovem das profissionais dessa empresa, estabelecida em uma pequena cidade litorânea do Japão. Não obstante, eu possuía um currículo de mais de dez anos de experiência. Construí bom relacionamento com todos os tipos de patrões que tive durante esse período. Orgulhava-me de ser uma profissional. Jamais me queixei, mesmo quando a agência me empurrava cliente de trato difícil, que outras profissionais haviam recusado.

Bastou olhar para sua ficha de cliente na agência para perceber que o Professor devia ser alguém problemático. A ficha do cliente recebia uma marca — uma estrela azul — sempre que a empregada apresentada pela agência era substituída por solicitação do cliente. Na ficha do Professor havia nove estrelas! Um recorde, entre todos os que eu já servira.

Ao chegar à casa do Professor para ser entrevistada, fui recebida por uma senhora idosa, magra e elegante. Trajava um vestido de lã, tinha os cabelos tingidos de castanho e trazia uma bengala preta na mão esquerda.

— Queria que cuidasse do meu cunhado — disse-me.

No começo, não entendi onde o Professor se encaixava nessa história.

— As empregadas não duram muito tempo aqui. É um problema sério, tanto para mim como para o meu cunhado. Temos que recomeçar do zero cada vez que surge uma pessoa nova, é muito trabalhoso.

Só então comecei a entender que esse cunhado devia ser o Professor.

— O trabalho que pedimos não é complicado. Queremos que esteja aqui todos os dias, de segunda a sexta, às onze horas, para preparar o almoço para ele, limpar o quarto, fazer as compras, deixar pronto o jantar e deixar a casa às sete horas da noite. É só isso.

Notei certa hesitação na sua pronúncia do termo "cunhado". A postura da viúva era refinada, mas sua mão esquerda não parava de mexer a bengala. Vez ou outra, me observava de soslaio, com desconfiança, evitando cuidadosamente que nossos olhares se encontrassem.

— Os detalhes constam do contrato que enviamos à agência. Em suma, eu quero apenas que você possibilite ao meu cunhado levar uma vida normal.

— E onde estaria ele? — perguntei.

A velha senhora apontou com a bengala uma edícula no jardim dos fundos. O telhado de ardósia, castanho-avermelhado, espiava por trás de uma cerca-viva bem aparada, espessa e verdejante.

— Você não deve entrar nesta casa. Seu trabalho é na residência do meu cunhado. Há uma porta de entrada separada, que dá para a rua ao norte, que você poderá utilizar. E não me traga os problemas que ele provocar. Resolva lá mesmo, entendeu bem? Esta regra deve ser rigorosamente cumprida.

A senhora bateu a ponta da bengala no assoalho, para enfatizar o ponto.

Comparadas com as exigências desarrazoadas de outros clientes que eu já tivera, tais como usar o cabelo em duas tranças, amarradas com fitas de uma cor diferente a cada dia, preparar o chá a uma temperatura nem inferior nem superior a 75 °C, ou juntar as mãos em prece quando Vênus surgisse no céu, essas condições não me pareceram particularmente difíceis.

— Será que eu poderia conhecer seu cunhado?

— Isso não será necessário.

Ela me interrompeu de forma tão peremptória que pensei ter cometido alguma gafe irretratável.

— Mesmo que se encontrem hoje, ele já terá se esquecido de você amanhã.

— Como?

— Bem, resumindo, meu cunhado tem um problema de memória. Não que esteja caduco. Seus neurônios em geral trabalham de forma saudável. No entanto, não funcionam em uma pequena área, devido a um acidente que ele sofreu há dezessete anos. Com isso, ele perdeu a capacidade de memorizar novos fatos. Bateu a cabeça em um acidente de trânsito. Toda a sua memória termina no ano de 1975. Ele não consegue acrescentar novas memórias além desse ano. Por mais que tente, elas se desfazem. Ele se recorda dos teoremas que formulou há trinta anos, mas não se lembra do que jantou ontem à noite. Ou seja, é como se tivesse na cabeça uma fita de vídeo com oitenta minutos de duração. Todas as gravações feitas além desse tempo vão apagando as anteriores. A memória dele só dura exatos oitenta minutos, uma hora e vinte minutos.

Ela não demonstrou nenhuma emoção enquanto falava, talvez porque já tivesse repetido as mesmas explicações diversas vezes.

Era difícil formar uma imagem concreta de como seria uma memória de oitenta minutos. Naturalmente, eu já havia cuidado diversas vezes de enfermos, mas não tinha ideia de que essas experiências me serviriam nesse caso. Recordei-me da série de estrelas azuis alinhadas na ficha desse cliente, mas já era tarde demais.

Vista da casa, a edícula me pareceu silenciosa e desabitada. Um portão em estilo antiquado havia sido instalado na cerca-viva, na passagem que dava acesso à edícula. Observando-o com atenção, vi que estava trancado com um cadeado robusto, já completamente enferrujado e coberto de fezes de pássaros. Com certeza, nenhuma chave poderia abri-lo naquele estado.

— A senhora começará então depois de amanhã, segunda-feira. Está entendido? — ela encerrou a conversa, talvez para não dar margem a perguntas indiscretas.

E, assim, eu me tornei empregada do Professor.

***

Comparada ao luxo da casa, a edícula não era apenas simples, mas quase miserável. Uma construção térrea, desprovida de qualquer beleza, que parecia se encontrar ali a contragosto. Apenas ao seu redor, quem sabe para ocultá-la dos olhares, as árvores cresciam em total descuido, estendendo seus ramos a bel-prazer. O sol não alcançava a porta de entrada e a campainha, quebrada, não soava.

— Que número você calça?

Quando me apresentei como a nova empregada, o Professor não quis saber meu nome, mas o número do sapato que eu calçava. Sem nenhuma palavra de cumprimento ou mesura. Respeitando a regra de ouro das empregadas domésticas de nunca responder a uma pergunta do patrão com outra, limitei-me a dizer o que me foi perguntado:

— Calço 24.

— Que número notável! É fatorial de quatro!

O Professor cruzou os braços e fechou os olhos. Ficamos em silêncio por algum tempo.

— Poderia explicar-me o que é "fatorial"? — perguntei.

Já que o tamanho do meu sapato parecia ser, por algum motivo, um assunto relevante para o meu patrão, talvez eu devesse me aprofundar um pouco mais sobre isso.

— Multiplicando todos os números naturais de 1 a 4, obtém-se 24 — respondeu o Professor, ainda de olhos fechados. — E qual o número do seu telefone?

— É 576-1455.

— Você disse 5 761 455? Maravilhoso! Coincide com a quantidade de números primos entre um e cem milhões! — o Professor estava deveras impressionado.

Eu não entendi muito bem o que havia de tão maravilhoso no número do meu telefone, mas podia ver que ele falava com afeto. Não parecia querer me impressionar com seus conhecimentos, ao contrário, havia modéstia e honestidade em suas maneiras. O afeto com que ele falava criava a ilusão de que talvez esses meus números tivessem de fato algum significado especial e, mais ainda, que talvez anunciassem um destino especial para mim, sua dona.

Foi só algum tempo depois de começar a trabalhar para ele que eu percebi seu hábito de recorrer a números, em vez de palavras, sempre que se sentia confuso e não sabia o que dizer. Era a forma de comunicação que ele desenvolvera para interagir com as pessoas. Os números cumpriam o papel da mão direita estendida para o aperto de mão, e também o de um sobretudo que protegia seu corpo. Um sobretudo tão grosso e pesado que ocultava o formato de seu corpo, e que ninguém o convencia a despir. Enquanto ele o vestisse, seu lugar no mundo estava garantido.

O diálogo sobre números na porta de entrada se repetiu todas as manhãs, até o dia em que deixei o emprego. Para o Professor, cuja memória se limitava aos últimos oitenta minutos, eu era sempre uma nova doméstica aparecendo na porta de entrada. Assim, ele era cuidadosamente circunspecto todas as manhãs, como faria diante de um desconhecido. Os números que me perguntava variavam. Além do tamanho do sapato ou do telefone, podiam ser os do código postal, da placa da bicicleta, a quantidade de traços nos ideogramas do meu nome, entre outros. Mas ele nunca deixava de lhes atribuir, imediatamente, algum sentido. E não demonstrava esforço algum para isso. Termos como fatorial ou números primos pareciam brotar espontaneamente dos seus lábios.

Mesmo depois de já ter ouvido diversas vezes as explicações do Professor acerca do mecanismo do fatorial e dos números primos, essa conversa sobre números à porta de entrada continuava a ser um prazer, sempre renovado. Ela me lembrava que havia no número do meu telefone outro significado, que não o de um mero código de ligação. Esse significado soava puro e límpido aos meus ouvidos, dando-me paz e tranquilidade de espírito para começar o trabalho do dia.

O Professor tinha sessenta e quatro anos de idade. Fora, antigamente, um professor catedrático de matemática, em uma universidade. Ele aparentava ser mais velho. Não parecia apenas mais envelhecido, dava impressão de que os nutrientes não alcançavam todos os recantos de seu corpo. Suas costas estavam visivelmente encurvadas, diminuindo ainda mais sua estatura já reduzida de um metro e sessenta. A sujeira se acumulava entre as rugas de seu pescoço ossudo. Os cabelos grisalhos e ressecados se ouriçavam indisciplinados para todos os lados, escondendo a metade dos grandes lóbulos das suas orelhas. Sua voz era débil e ele se movia em câmera lenta, levando o dobro do tempo esperado para fazer qualquer coisa.

Entretanto, se o observássemos bem, sem nos distrair com seu estado abatido, tinha um rosto belo. Pelo menos, restavam vestígios que faziam supor que ele fora um jovem bonito. Tinha as linhas do queixo definidas, e feições bem talhadas que formavam sombras atraentes.

O Professor usava terno e gravata todos os dias, invariavelmente, tanto em casa como nas raras vezes em que saía. Seu guarda-roupa continha apenas três ternos — um de inverno, um de verão e um para a primavera e o outono, três gravatas, seis camisas, e um sobretudo. Este, não de números, mas de lã legítima. Fora isso, nem um único pulôver ou uma calça de algodão. Para uma empregada doméstica, era um guarda-roupa excelente, facílimo de arrumar.

Talvez o Professor não soubesse que havia neste mundo outras roupas além do terno. Acredito que ele nem mesmo reparasse no que as outras pessoas vestiam. Muito menos lhe ocorria desperdiçar tempo com a própria aparência. Acordava todas as manhãs, abria o guarda-roupa e vestia o terno que não estivesse coberto pelo plástico da lavanderia. Isso lhe bastava. Todos os três ternos eram de cores escuras e estavam surrados pelo uso. Combinavam tão bem com o jeito do Professor, que pareciam ter se tornado parte de sua própria pele.

Mas o que mais me intrigou na sua aparência foram os inúmeros lembretes presos no seu terno por clipes. Estavam grudados em todos os lugares imagináveis: nas golas, nas mangas, nas bordas do paletó, no cinto da calça e nos orifícios dos botões. Os clipes repuxavam o tecido do terno e o deformavam. Alguns eram tiras de papel rasgadas a mão, outros já estavam amarelecidos pelo tempo, mas todos traziam algo escrito. Era necessário aproximar o rosto e aguçar a vista para conseguir lê-los. Não foi difícil compreender que, para compensar por sua memória de oitenta minutos, ele anotava as coisas que não podia esquecer e pregava as anotações no próprio corpo, para poder lembrar onde as deixara. Ainda assim, era muito mais desafiador lidar com essa sua figura do que responder qual o tamanho do meu sapato...

— De todo modo, entre, por favor! Eu não posso lhe dar atenção pois estou ocupado, mas esteja à vontade para fazer o que quiser.

Dizendo isso, o Professor me convidou a entrar e se recolheu ao seu gabinete. Quando ele se movia, os lembretes roçavam uns contra os outros, farfalhando.

***

Juntando aos poucos as informações das nove empregadas despedidas, entendi que a velha senhora que vivia na casa era viúva, e seu falecido marido era irmão do Professor. Apesar de terem perdido os pais cedo, o Professor pudera continuar os estudos de matemática e até mesmo fazer um intercâmbio na Universidade de Cambridge, na Inglaterra, graças a seu irmão, dez anos mais velho, que lhe custeara as despesas. Ele havia herdado a fábrica de tecelagem deixada pelo pai e a expandira a duras penas.

O Professor concluiu seu doutorado em Cambridge (ele era um autêntico PhD), e conseguiu emprego no instituto de matemática de uma universidade. Adquiriu assim, finalmente, a independência econômica, mas logo em seguida seu irmão faleceu, vítima de hepatite aguda. A viúva, que não tivera filhos, desmontou a fábrica, construiu no local um prédio de apartamentos e passou a viver do rendimento dos aluguéis. Mas o desastre de trânsito em que o Professor se envolveu, à idade de quarenta e sete anos, transformou de vez a tranquilidade desfrutada por ambos. O carro dirigido pelo Professor se chocou com o de um motorista embriagado, que vinha na contramão, e ele sofreu uma lesão cerebral irrecuperável. Em consequência, perdeu o emprego no instituto. Desde então, sua renda se limitava aos parcos prêmios que conquistava em concursos de matemática promovidos por revistas especializadas. E assim ele vivera até a idade de sessenta e quatro anos, sem se casar e dependendo do auxílio financeiro da viúva. Ao que parece, a situação era essa.

— Coitada da viúva, com um cunhado maluco como aquele grudado nela feito parasita, consumindo toda a herança deixada pelo marido! — disse penalizada uma das velhas empregadas que, vitimada pela furiosa agressão numérica do Professor, fora despedida em uma semana.

O interior da edícula era tão sombrio quanto o exterior. Comportava apenas dois ambientes: uma pequena sala ligada à cozinha e um gabinete que servia também de dormitório. Entretanto, mais do que a escassez de espaço, o que se destacava era a pobreza do ambiente. Toda a mobília era barata, o papel de parede estava desbotado, e o corredor rangia escabrosamente. Além disso, tudo estava quebrado ou prestes a quebrar, não apenas a campainha. O vidro da janelinha do banheiro estava rachado, a maçaneta da porta dos fundos meio solta, e o rádio sobre a prateleira da cozinha não emitia som algum, por mais que se pressionasse o botão para ligar.

As duas primeiras semanas de trabalho me deixaram completamente exausta, pois não sabia o que fazer. Meus músculos estavam rijos e doloridos, o corpo me pesava, ainda que eu não tivesse executado nenhuma tarefa braçal cansativa. Aonde quer que sejamos enviadas, o período inicial é sempre cansativo, enquanto nos adaptamos ao novo ritmo. Mas na casa do Professor isso foi particularmente intenso. Em geral, nós vamos conhecendo melhor o patrão à medida que ele nos diz "faça isto" ou "não faça aquilo". Assim começamos a compreender como devemos dividir nossa atenção, como evitar problemas, e também quais os serviços exigidos habitualmente. O Professor, entretanto, não me passava nenhuma instrução. Ele me ignorava por completo, parecia até preferir que eu nada fizesse.

Seguindo as orientações da viúva, pensei que eu deveria, em primeiro lugar, preparar o almoço. Naturalmente, examinei o que havia na geladeira e em todas as prateleiras do armário da cozinha, mas nada encontrei que pudesse servir de alimento, a não ser um pacote de aveia já úmida e um macarrão com a data de validade expirada havia quatro anos.

Fui bater à porta do gabinete. Não houve resposta. Bati outra vez e o resultado foi o mesmo. Senti que estava sendo inconveniente, mas abri a porta e disse ao Professor, que estava de costas diante da escrivaninha:

— Desculpe interrompê-lo...

As costas se mantiveram perfeitamente imóveis. Talvez sua audição não fosse boa ou, quem sabe, estivesse com tampões nos ouvidos, pensei, e me aproximei dele.

— O que o senhor quer para o almoço? Poderia me contar do que gosta, do que não gosta, ou o que lhe causa alergia, por favor?

O gabinete cheirava a papel. Talvez porque o ar circulava mal, esse cheiro se acumulava nos cantos. Metade da janela estava obstruída por uma estante, e os livros que não cabiam nas prateleiras estavam amontoados por todos os lados. Na cama encostada à parede, o colchão estava esfarrapado. Sobre a escrivaninha, não havia um computador, apenas um caderno aberto. O Professor nem mesmo tinha na mão lápis ou caneta. Estava absorto, com os olhos pregados em um ponto do espaço.

— Se o senhor não tiver nenhuma preferência, posso preparar o almoço à minha maneira, o que acha? Diga-me o que quiser, sem cerimônia...

Pude ver alguns dos lembretes pregados ao seu corpo: "... falha no processo analítico...", "Hilbert, 13º problema...", "... solução da elipse..."

Entre todos os lembretes incompreensíveis, cheios de números, símbolos e palavras desconexas, encontrei um com uma mensagem inteligível. Estava escrita em um papel manchado, com os cantos amarrotados. O clipe que o prendia, enferrujado, devia estar ali havia muito tempo. Dizia ele:

Minha memória não vai além de 80 minutos.

— Não tenho nada a dizer! — gritou o Professor, voltando-se de súbito. — Estou pensando, agora. Ser interrompido enquanto penso é pior que ser estrangulado! Entrar assim, quando estou em pleno diálogo amoroso com meus números, é mais grave do que espiar os outros no banheiro!

Eu pedi desculpas diversas vezes, cabisbaixa, mas as minhas desculpas não chegaram até ele. O Professor já voltara os olhos novamente para o ponto do espaço.

Levar uma bronca dessas logo no primeiro dia, antes mesmo de executar qualquer serviço, causou-me um abalo considerável. Temi ser transformada na décima estrela na ficha do Professor. Memorizei: o que quer que aconteça, o Professor jamais deverá ser interrompido enquanto "pensa".

Mas o fato é que o Professor pensava o dia todo. Não parava de pensar, mesmo nas raras vezes em que surgia do gabinete e sentava-se à mesa de refeições. Nem quando fazia gargarejos na pia do banheiro, nem quando começava com suas estranhas ginásticas para relaxar. Levava mecanicamente a comida posta diante dele à boca e engolia sem mastigar direito. Caminhava com passos vacilantes. Eu não podia lhe perguntar onde estava o balde, como usar o aquecedor de água ou outras coisas que eu não soubesse. Tomava todo o cuidado para não produzir barulhos desnecessários, até para respirar eu me inibia, andando de um lado a outro dentro da edícula feito uma tonta, esperando que sua cabeça fizesse uma pausa no trabalho.

Foi numa sexta-feira, quando chegava ao fim minha segunda semana com ele. O Professor sentou-se à mesa de refeições às seis da tarde, como sempre. Eu havia lhe preparado uma sopa-creme, que continha verduras e proteínas e ele poderia tomar apenas com uma colher. Refleti que seria melhor evitar comidas das quais ele tivesse de extrair espinhas ou precisasse descascar, pois ele comia quase inconscientemente.

Suas maneiras à mesa eram reprováveis, talvez por ter perdido os pais bem cedo. Nunca dava graças antes de comer, derrubava comida a cada bocada, e até chegava a usar o guardanapo enrolado para limpar o ouvido, de modo bem deselegante. Nunca reclamava do que lhe serviam. Em compensação, nunca procurava se distrair conversando comigo, que aguardava ao seu lado para servi-lo.

Por acaso, reparei num novo lembrete pregado na manga, onde nada havia no dia anterior. O lembrete chegava perigosamente perto da sopa todas as vezes que o Professor mergulhava a colher.

Empregada nova

Em letras miúdas e hesitantes. Atrás delas, ele havia desenhado o rosto de uma mulher. Cabelos curtos, face redonda, uma pinta no canto da boca — era a minha caricatura, logo me dei conta, desenhada canhestramente, como faria uma criança no jardim de infância.

Enquanto ouvia o Professor sorver ruidosamente a sopa, imaginei a cena: ele desenhando às pressas aquela caricatura quando eu já saíra, antes que a memória se apagasse. Aquele pedaço de papel era a prova de que ele interrompera minutos preciosos de trabalho mental por minha causa.

— Gostaria de repetir? Olhe, preparei bastante. Pode comer o quanto quiser — num descuido, eu me permiti um momento de aproximação.

A resposta foi um arroto. Depois, ele desapareceu em seu gabinete sem dirigir-me sequer um olhar de soslaio. No seu prato restavam apenas as cenouras.

Na segunda-feira da semana seguinte, eu me apresentei como sempre, e apontei o lembrete fixado na manga. O Professor comparou a caricatura e o meu rosto, e permaneceu um instante em silêncio procurando entender o lembrete. Depois, murmurou algo e perguntou o número que eu calçava e o meu telefone.

Mas logo percebi que algo havia mudado nele, em relação à semana anterior. Isso porque ele me mostrou um maço de folhas cheias de fórmulas matemáticas e pediu com delicadeza que eu as enviasse pelo correio à revista *Journal of Mathematics*.

— Me faria esse favor?

Nem parecia o mesmo que me tratara com destemperança no gabinete. Era o primeiro pedido que ele me fazia. Sua cabeça não estava mais "pensando".

— Sim, não é problema algum.

Copiei no envelope atentamente, letra por letra, o nome em alfabeto que eu nem sabia como pronunciar, e endereçei-o aos cuidados do setor de recebimento das soluções do concurso. Depois, corri entusiasmada até o correio.

Quando não estava pensando, o Professor passava boa parte do tempo estirado em uma espreguiçadeira junto à janela da cozinha, então eu finalmente consegui entrar no gabinete para arrumá-lo. Abri a janela, estendi o cobertor e o travesseiro para arejar no jardim e pus o aspirador de pó para funcionar à plena potência. O quarto estava uma confusão desordenada, mas não era um lugar desagradável. Já não me causavam tanta repulsa a grande quantidade de fios de cabelo caídos sob a escrivaninha, que eu recolhi com o aspirador, nem os palitos embolorados de sorvete e ossos de galinha assada que surgiam do meio dos livros.

Talvez fosse porque aquele recinto abrigava um tipo de silêncio que eu nunca experimentara antes. Não era apenas uma ausência de ruído. Ali se depositava, camada sobre camada, o silêncio que enchia a alma do Professor enquanto ele vagueava pela selva dos números. Um silêncio que não se deixava contaminar por cabelos caídos ou bolor. Cristalino como um lago escondido no fundo da selva.

O gabinete não era desagradável, mas, se me perguntassem se ele conseguia despertar o interesse de uma empregada doméstica, eu seria obrigada a confessar que não. Não se via ali nada que ajudasse a alimentar as fantasias que fazem as pequenas felicidades de uma empregada. Nem pequenos objetos encantadores que contassem um pouco da história do dono da casa, nem fotografias misteriosas ou adornos que arrancassem suspiros.

Eu espanei os livros nas estantes: *Teoria das sequências numéricas, Álgebra dos números inteiros, Pesquisa sobre a teoria numérica*... Chevalley, Hamilton, Turing, Hardy, Baker... tantos livros, e eu não sentia vontade de ler nenhum deles. Quase a metade era em língua estrangeira, e eu nem conseguia ler os títulos nas lombadas. Sobre a escrivaninha, uma pilha de cadernos, clipes espalhados em profusão e um toco de lápis 4B compunham um cenário desolado, incompatível com um ambiente de reflexão. Apenas umas poucas aparas de borracha eram indício de que alguém havia trabalhado ali até o dia anterior.

Enquanto limpava as aparas, arrumava a pilha de cadernos e juntava os clipes em um canto, eu me perguntei se o Professor não usava outros utensílios condizentes com o seu status de doutor em matemática, como um compasso valioso, desses que não se acham em qualquer papelaria, ou então uma régua com funções elaboradas. O assento da sua cadeira revestida de pano estava afundado, no molde do seu traseiro.

— Qual o dia e o mês do seu aniversário?

Nessa ocasião, o Professor não se recolheu ao gabinete logo após o jantar. Parecia preocupado em fazer-me companhia enquanto eu arrumava a cozinha, e procurava um assunto para conversar.

— É em fevereiro, dia 20.

— É mesmo?

O Professor separou apenas as cenouras da salada de batatas e as deixou no prato. Eu recolhi a louça e limpei a mesa. Mesmo quando não estava distraído com seus pensamentos, ele costumava derrubar comida do prato. Já era primavera, mas o dia havia esfriado de repente com o cair da tarde, e o aquecedor de querosene estava aceso em um canto da cozinha.

— O senhor costuma enviar muitos artigos a revistas? — perguntei.

— Artigos? Não é nada tão grandioso. Eu apenas me divirto resolvendo os problemas que publicam para fãs amadores da matemática resolverem. Quando tenho sorte, ganho algum dinheiro com isso. Alguns ricaços, amantes da matemática, oferecem prêmios em dinheiro.

O Professor procurou por toda a parte do corpo até encontrar um lembrete pregado no bolso esquerdo.

— Ah, é... Hoje eu enviei minhas demonstrações ao *Journal of Mathematics*, número 37. Ótimo!

Desde quando eu fora até o correio, pela manhã, já haviam decorrido bem mais de oitenta minutos.

— Ai, me desculpe! Eu devia ter despachado a correspondência pelo correio expresso! Se ela não chegar antes dos outros, o senhor não será premiado, não é mesmo?

— Que nada, isso não é necessário. Claro, é bom dar a resposta correta antes de todos, mas o mais importante é que a demonstração seja bela.

— Existem demonstrações que são belas e as que não são?

— É claro!

O Professor se levantou e respondeu espiando o meu rosto enquanto eu lavava a louça na pia:

— Uma demonstração perfeita deve ser absolutamente irrefutável e, ao mesmo tempo, flexível. Ela precisa harmonizar esses dois aspectos conflitantes. Não faltam demonstrações que, apesar de corretas, são petulantes, feias e irritantes. Entende? Sei que é difícil explicar a beleza dos números, da mesma forma que ninguém consegue explicar por que as estrelas são belas...

Eu não queria quebrar o entusiasmo do Professor. Por isso, parei o trabalho para escutá-lo com atenção.

— Seu aniversário é em 20 de fevereiro: 220[1], um número encantador. Então, veja isto aqui. É um prêmio que ganhei do reitor nos meus tempos de universidade, pela minha tese sobre a teoria dos números transcendentais...

O Professor tirou o relógio do pulso e o pôs bem diante dos meus olhos, para que eu o observasse. Era um magnífico relógio importado, que não combinava muito com o seu gosto em matéria de vestuário.

---

1. Referência a mês 2, dia 20. [N.E.]

— Mas que belo prêmio o senhor ganhou, Professor!
— Isso não tem importância. Você vê o número que está gravado aqui?

Havia uma inscrição no verso: "Prêmio da Reitoria nº 284."

— Seria o 284º prêmio oferecido pelo reitor?
— Acredito que sim. Mas o ponto é esse número, 284. Deixe a louça, não é hora para isso! Veja só, 220 e 284!

O Professor me puxou pelo avental e me fez sentar à mesa da cozinha. Tirou do bolso interno do paletó um toco de lápis 4B e escreveu no verso de um anúncio:

220

284

Por algum motivo, os números estavam sutilmente afastados.

— Então, o que acha?

Enxuguei as mãos molhadas no avental, sentindo que a situação se complicava. Queria acompanhá-lo em seu entusiasmo, mas como responder a essa pergunta? Não havia chance de eu encontrar uma resposta que satisfizesse a um matemático. Eram só números.

— Bem, o que eu poderia dizer... — murmurei, indecisa.
— Ambos são números de três dígitos, eu diria, e que se parecem um pouco. Eles não são muito diferentes, não é mesmo? Por exemplo, se eu encontrasse no supermercado um pacote de 220 gramas de carne moída e outro de 284 gramas, não faria diferença para mim. Qualquer um me serviria e, por isso, eu compraria o que fosse mais novo. Esses números têm um jeito meio parecido, à primeira vista. O mesmo dígito das centenas, e dígitos pares em todas as casas...

— Que observação aguda! — elogiou o Professor, balançado o relógio pela correia de couro, o que me desconcertou. — A intuição é preciosa. É preciso intuição para agarrar os números, como o martim-pescador que mergulha na água reagindo ao brilho instantâneo de uma nadadeira dorsal...

O Professor aproximou sua cadeira dos números. Ele cheirava a papel, como o seu gabinete inteiro.

— Você sabe o que é um divisor, não sabe?

— Creio que sim. Acho que aprendi, já faz tempo...

— O 220 pode ser dividido por 1, sem deixar resto. E também por 220. Assim, 1 e 220 são divisores de 220. Todos os números naturais têm por divisores o 1 e o próprio número. Muito bem, quais outros números são divisores de 220?

— O 2, o 10...

— Isso mesmo! Está vendo como sabe? Vamos agora escrever os divisores de 220 e de 284, exceto eles próprios. Assim:

220 : 1   2   4   5   10   11   20   22   44   55   110
142   71   4   2   1 : 284

O Professor escrevia os números com uma caligrafia arredondada e um tanto inclinada. O pó do grafite se espalhava ao redor deles.

— O senhor consegue calcular de cabeça todos os divisores?

— Ora, eu não estou calculando. Eu só uso a intuição, assim como você fez. Bem, vamos ao passo seguinte.

O Professor acrescentou alguns símbolos aos números.

220 : 1 + 2 + 4 + 5 + 10 + 11 + 20 + 22 + 44 + 55 + 110 =
= 142 + 71 + 4 + 2 + 1 : 284

— Faça essas contas. Devagar, não tenha pressa.

O Professor me emprestou o lápis. Eu fiz as contas no espaço em branco do anúncio. Ele me pedira com delicadeza e expectativa, poupando-me da sensação de estar em um exame. Não só isso, mas eu superara a confusão inicial e sentia como se tivesse uma missão a cumprir: dependia de mim, e de mais ninguém, produzir a resposta correta.

Conferi três vezes para ver se não me enganara. Sem que eu percebesse, o sol já se pusera e a noite estava para chegar. Ouvia de vez em quando as gotas de água pingando da louça, na pia. Ao meu lado, o Professor me observava em silêncio.

— Pronto. Aqui está.

220 : 1 + 2 + 4 + 5 + 10 + 11 + 20 + 22 + 44 + 55 + 110 = 284
220 = 142 + 71 + 4 + 2 + 1 : 284

— Perfeito! Veja essa sequência maravilhosa de números! A soma dos divisores de 220 é 284. E a dos divisores de 284 é 220. São números amigos! Uma combinação de números muito rara! Nem Fermat nem Descartes conseguiram, cada um, descobrir mais que um par deles. São números interligados pelo desígnio de Deus. Não é lindo? Que a data do seu aniversário e o número no meu pulso estejam conectados por uma corrente tão maravilhosa?

Ficamos por um bom tempo observando essa simples folha de panfleto. Perseguíamos com o olhar os números escritos pelo Professor e por mim, espalhados sobre a folha como constelação de estrelas faiscantes no céu noturno.

2

À noite, eu voltei para casa, coloquei meu filho na cama e, depois, decidi procurar eu mesma por novos números amigos. Queria verificar se esses números eram assim tão raros, como dizia o Professor. Não me parecia que achar divisores e somá-los seria tarefa complicada, mesmo para alguém como eu, que não chegou a completar o colégio.

Mas logo percebi quão temerário era esse desafio a que me lançara. Eu escolhia os números ao acaso, com base na intuição, como recomendara o Professor, mas todo o esforço redundava em fracasso.

Tive a impressão de que a probabilidade de encontrá-los era maior entre os números pares. Pareceu-me também que eles me dariam menos trabalho em achar divisores. Comecei tentando apenas os de dois dígitos. Depois de algum tempo, ao ver que as tentativas estavam dando em nada, estendi a pesquisa aos números ímpares e insisti também com os de três dígitos. Mas não obtive resultado algum. Todos os números me davam as costas com desdém, os pares de números escolhidos não demonstravam um mínimo de afeto entre si, não se aproximavam nem para um leve roçar de dedos.

O Professor dissera a verdade. A data do meu aniversário e o número que ele tinha no pulso haviam se encontrado na imensa vastidão do mundo dos números à custa de muito sacrifício, e cultivavam sua amizade enlaçados em um envolvente abraço.

De repente, o papel em que eu escrevia estava repleto de números lançados aleatoriamente, sem deixar espaços em branco. Eu havia tentado trabalhar com certa lógica, embora primitiva, mas acabei confusa, sem saber o que fazia.

Fiz apenas uma pequena descoberta: a soma dos divisores de 28 era 28:

$$28 : 1 + 2 + 4 + 7 + 14 = 28$$

Isso não significava nada. Dentre os números que pesquisara, não achei nenhum outro cujos divisores somados reproduzissem o próprio número. Mas quem sabe acontecesse com frequência? Sei que posso parecer ridícula ao anunciar isso grandiosamente como uma "descoberta". Mas o que fazer? Afinal, eu descobri.

Essa única linha de números se destacava na confusão ininteligível, como se fosse retesada pela vontade de alguém. Emanava tamanha força que parecia que eu podia me machucar ao tocá-la.

Olhei o relógio quando fui me deitar, e vi que bem mais de oitenta minutos haviam se passado desde que eu e o Professor estivemos distraídos com os números amigos. Esses números não deviam ser para ele mais do que uma infantilidade extremamente simples. Não obstante, ele ficara assombrado, como se tivesse percebido a beleza deles justo naquela hora, pela primeira vez. Ou talvez como um súdito diante do seu rei.

Mas, naquele momento, ele já teria esquecido o segredo dos números amigos escondidos entre nós. Não poderia por certo recordar-se do que o número 220 representava, nem a quem. Quando pensei nisso, perdi o sono.

***

A casa era pequena, o patrão não recebia visitantes e nem sequer telefonemas, só era preciso preparar refeições para uma pessoa, que, além de comer pouco, mal se interessava pela comida. Pelos padrões de trabalho de uma empregada doméstica, o caso do Professor pertencia à categoria dos trabalhos leves. Comparado com minha experiência em trabalhos anteriores, que tinham exigido de mim máxima eficiência dentro de um prazo limitado, agora eu dispunha de tempo suficiente para limpar a casa, lavar a roupa ou cozinhar com todo o capricho, o que me deixava feliz. Também comecei a perceber quando o Professor se envolvia em um novo concurso de matemática, e aprendi alguns truques para não perturbá-lo durante esse período. Poli ao máximo a mesa de refeições com um verniz especial, apliquei remendos no colchão e dei tratos à bola para ludibriar o Professor e fazê-lo comer cenoura.

O maior problema era entender o funcionamento da memória do Professor. Segundo a viúva, sua memória se paralisara em 1975. Entretanto, era difícil para mim compreender que sofrimentos isso lhe acarretava. Onde, por exemplo, se acharia o "ontem" do Professor, e que previsões seria capaz de fazer para o "amanhã"?

Não havia dúvida de que ele não se lembrava da minha existência, mesmo depois de convivermos por diversos dias. O lembrete que ele prendera na manga servia apenas para avisá-lo de que ele não me via pela primeira vez, mas não o ajudava a ressuscitar as horas que havíamos passado juntos.

Eu me esforçava para voltar das compras dentro do prazo de uma hora e vinte minutos. O temporizador em seu cérebro estava ajustado para oitenta minutos, e era mais preciso do que um bom cronômetro — como era de esperar, pois pertencia a um matemático. Se regressasse dentro dos oitenta minutos, ele me recebia com cordialidade: "Já de volta? Desculpe por lhe dar tanto trabalho!" Mas, se demorasse, por exemplo, uma hora e vinte e dois minutos, ele regredia ao estado anterior: "Que número você calça?"

Eu tomava o máximo de cuidado para não dizer algo inoportuno inadvertidamente. "Li no jornal da manhã que o primeiro-ministro Miyazawa..." Eu começava a dizer, mas interrompia de súbito (os ministros que o Professor conhecia não iam além de Takeo Miki); "Que tal comprar um televisor novo antes das Olimpíadas de Barcelona, neste verão?" — perguntava sem querer e me arrependia (para o Professor, as Olimpíadas haviam terminado em Munique).

Entretanto, o Professor parecia não se incomodar, ou pelo menos não o demonstrava. Não se mostrava irritado ou aflito quando a conversa começava a seguir rumos que ele não podia acompanhar. Apenas aguardava até que a situação voltasse a permitir suas opiniões. Ele nunca me perguntou acerca do meu passado. Jamais procurou saber há quanto tempo eu trabalhava como empregada doméstica, ou onde eu nascera, ou se tinha parentes. Talvez ele temesse me incomodar repetindo a toda hora as mesmas perguntas.

Os números eram o único assunto sobre o qual podíamos conversar sem receio algum. Eu detestava matemática desde o banco escolar, a ponto de sentir calafrios só em ver o livro-texto. Mas as questões sobre números que o Professor me explicava entravam na minha cabeça com facilidade. Não porque eu me esforçasse, como empregada, para me ajustar aos gostos do meu empregador, mas porque ele sabia explicar bem. Os suspiros de espanto que ele emitia diante das fórmulas matemáticas, as palavras das quais ele se valia para dar vazão à sua admiração pela beleza dos números, o brilho que eu via em seus olhos, havia em tudo isso um significado muito especial.

Também era de grande ajuda o fato de que ele esquecia o que já havia me explicado, assim eu me sentia desinibida para lhe fazer a mesma pergunta diversas vezes. Eu só conseguia compreender a muito custo, pedindo cinco, dez vezes as mesmas explicações que um aluno normal conseguiria entender em uma única vez.

— O descobridor dos números amigos deve ter sido um homem excepcional.

— E como! Foi Pitágoras. Coisa do século IV antes de Cristo.

— Os números existiam desde essa época?

— É claro. Pensou que eles tivessem sido criados no fim do período Edo? Os números já existiam antes da criação do homem, ou melhor, antes da criação do mundo.

Nós conversávamos sempre na cozinha. Nessas horas, o Professor costumava sentar-se à mesa ou então repousar na espreguiçadeira. Quanto a mim, eu me achava ou mexendo nas panelas no fogão a gás, ou na pia, lavando a louça.

— Puxa, é mesmo? Eu pensei que eles haviam sido inventados pelo homem.

— Absolutamente! Se fosse uma invenção nossa, não teríamos encontrado tantas dificuldades. Nem haveria necessidade de matemáticos. Nenhum ser humano assistiu ao nascimento dos números. Quando nos demos conta, eles já existiam.

— Ah, por isso que várias pessoas inteligentes esgotam o cérebro para desvendar o mecanismo dos números...

— Nós homens somos muito burros diante daquele que criou os números.

O Professor abanou a cabeça e abriu uma revista de matemática, espichado na espreguiçadeira.

— E a fome nos deixa mais burros ainda! É preciso comer bem para nutrir todos os recantos do cérebro. Espere só mais um pouco, que a comida já vai ficar pronta.

Eu estava preparando hambúrgueres. Havia ralado cenoura e misturado na carne moída. À socapa, tinha jogado a casca no lixo, para que o Professor não percebesse.

— Tenho tentado todas as noites descobrir outros números amigos além de 220 e 284, mas é impossível.

— O par mais próximo são os números 1184 e 1210.

— De quatro dígitos? Assim não dá! Pedi ajuda ao meu filho. Ele teve alguma dificuldade em encontrar os divisores, mas as contas de adição ele sabe fazer.

— Você tem um filho! — exclamou o Professor, erguendo-se na espreguiçadeira. A revista foi ao chão com o impulso.

— Tenho...

— E quantos anos ele tem?

— Dez.

— Só dez anos? É criança pequena!

Em um instante, seu rosto se anuviou. Percebi que ele estava ficando agitado. Eu parei de misturar os ingredientes do hambúrguer, esperando que o Professor me dissesse algo sobre o número 10, como de costume.

— E onde ele está agora? Fazendo o quê?

— Não sei muito bem... A esta hora, já deve ter voltado da escola. Com certeza, saiu de casa correndo sem fazer os deveres, para jogar beisebol com os amigos no parque.

— Não sabe muito bem? Mas que tranquilidade é essa? Olhe, já está anoitecendo!

Onde estavam as explicações sobre o número 10? Por mais que esperasse, elas não vinham. Ao que parece, neste caso o número 10 não tinha para o Professor nenhum outro significado, senão o de um menino pequeno.

— Não precisa se preocupar. É assim todos os dias, ele está acostumado.

— Assim todos os dias? Você abandona o seu filho todos os dias, para ficar aqui amassando carne moída para hambúrguer ou coisa que o valha?

— Não é que eu esteja abandonando meu filho. É meu trabalho, só isso...

Eu salpiquei a carne moída na vasilha com pimenta e nóz-moscada, sem entender por que o Professor se preocupava tanto com meu filho.

— Quem cuida dele em sua ausência? Seu marido volta cedo do serviço? Ah, deve ser a avó, não?

— Não, senhor. Infelizmente não tenho nem marido nem mãe. Somos só nós dois.

— Então ele fica sozinho em casa? Sozinho no quarto escuro, com fome, esperando a mãe voltar? E ela, cozinhando para terceiros! Cozinhando o meu jantar! Ah, que situação! Não, não é possível!

Sem poder controlar a emoção, ele se levantou e pôs-se a andar em volta da mesa, arrancando os cabelos e fazendo farfalhar os lembretes pregados no corpo. A caspa voava para todos os lados, o assoalho rangia. Eu apaguei o fogo da sopa que começava a ferver na panela.

— Olhe, não se preocupe — disse-lhe com toda brandura que pude. — Nós vivemos assim há muito tempo, desde quando ele era ainda menor. Agora, já está com dez anos, faz tudo sozinho. Ele tem o telefone daqui, e se surgir algum problema o senhorio que mora no andar de baixo prometeu socorrê-lo...

— Não, não e não! — interrompeu o Professor, circulando mais rápido em torno da mesa. — Eu não permito, em circunstância alguma, que uma criança seja deixada sozinha. E se o aquecedor cair e provocar um incêndio? E se ele se engasgar com uma bala, quem irá socorrê-lo? Eu fico apavorado só de pensar! Eu não aguento! Vá já para sua casa! Se você é mãe, deve fazer a comida do seu filho. Vá agora mesmo!

O Professor me agarrou pelo braço e tentou me arrastar até a entrada da casa.

— Espere só mais um pouco, só falta preparar isto e fritar na panela!

— Deixa isso para lá! E se o seu filho morrer queimado enquanto você frita hambúrgueres? Escute aqui. Você vai trazer seu filho a partir de amanhã. Diga-lhe que venha para cá diretamente, assim que sair da escola. Fará os deveres de casa aqui. Assim, poderá ficar junto à mãe. Você não está fazendo pouco caso, pensando que eu terei esquecido tudo isso amanhã, está? Não me subestime. Eu não vou esquecer! Não admitirei que você não cumpra o combinado.

O Professor despregou o lembrete sobre "A nova empregada doméstica" que fixara na manga. Puxou o lápis guardado no bolso interno do paletó e acrescentou por cima da caricatura: "... e seu filho de dez anos."

Eu deixei a edícula sem ter tempo nem mesmo para lavar satisfatoriamente as mãos, muito menos para arrumar a cozinha. Saí de lá quase que enxotada, com as mãos cheirando a carne crua. O Professor foi muito mais incisivo dessa vez do que daquela outra, quando me repreendeu por tê-lo interrompido enquanto pensava. Sua ira fora ainda mais assustadora pois escondia também pavor. Voltei correndo para casa, pensando assustada no que faria se encontrasse o apartamento em chamas.

Eu passei a confiar no Professor, sem nenhuma restrição, no primeiro momento em que ele se encontrou com meu filho.

Como havia prometido na noite anterior, eu disse ao meu filho que viesse diretamente da escola à casa do Professor, e lhe dei um mapa. Não me agradava a ideia de levá-lo para o trabalho, mesmo porque certamente estaria ferindo algum regulamento institucional da agência. Mas era impossível resistir à pressão do Professor.

Quando meu filho apareceu à porta de entrada com a mochila nas costas, o Professor o recebeu de braços bem abertos, com um largo sorriso no rosto, e o envolveu em um abraço. Nem tive tempo de apontar o lembrete com o adendo: "... e o filho de dez anos" e explicar-lhe o que ocorria. Seu abraço traduzia bem o carinho de quem quer proteger o ser frágil diante de si. Era uma alegria poder ver meu filho ser abraçado dessa forma. Até tive vontade de ser abraçada do mesmo jeito pelo Professor.

— Você veio de tão longe... Obrigado, muito obrigado! — disse o Professor, sem fazer as costumeiras perguntas sobre números, como me fazia todas as manhãs ao me ver pela primeira vez.

Confuso com a acolhida inesperada, meu filho se encolheu tenso, mas procurou corresponder à recepção calorosa à sua maneira, com um sorriso acanhado. O Professor tirou em seguida o boné do meu filho (com um emblema do time dos Tigers) e afagou sua cabeça. E, antes mesmo de procurar saber seu nome, providenciou-lhe um apelido:

— Vou te chamar de "Raiz". É um símbolo matemático generoso, que acolhe qualquer número com toda a boa vontade.

Imediatamente, ele acrescentou o sinal no lembrete em sua manga:

Nova empregada doméstica e seu filho de dez anos √

Certa vez, eu elaborei plaquetas de identificação para mim e meu filho, com o intuito de ajudar o Professor. Achei que nós deveríamos ter uma plaqueta informando quem éramos, para não deixar que o Professor se cobrisse de lembretes. Assim, constrangimentos desnecessários seriam evitados. E fiz com que meu filho trocasse a identificação da escola por uma plaqueta com o símbolo da raiz. Criei uma plaqueta vistosa, que chamaria a atenção de qualquer pessoa, por mais distraída que fosse. Entretanto, isso não trouxe a mudança de hábitos esperada. Para o Professor, eu continuei sendo sempre uma desconhecida a quem ele estendia timidamente a mão direita — neste caso, as perguntas sobre números — para cumprimentar, e meu filho, alguém que merecia ser abraçado só pelo fato de estar ali.

O menino logo se acostumou ao modo peculiar como o Professor lhe dava boas-vindas, e se alegrava com isso. Apressava-se em tirar o boné, mostrando orgulhosamente a cabeça achatada para atestar quão apropriado fora o apelido de Raiz que recebera. O Professor nunca se esquecia de acrescentar às suas palavras de boas-vindas louvores à prodigiosidade desse símbolo.

Foi também quando nos pusemos à mesa os três pela primeira vez para jantar que ele juntou as mãos em agradecimento, como nunca fizera antes. Pelo contrato, eu deveria aprontar o jantar para uma pessoa às seis horas da tarde, arrumar a cozinha e sair às sete horas. Mas o Professor fez ressalvas a esse programa.

— Não admito absolutamente que um perfeito adulto se empanturre sozinho diante de uma criança faminta. Se tiver que esperar até você terminar o serviço, voltar para a casa e fazer o jantar, Raiz só poderá jantar às oito horas. Isso é inadmissível. É ilógico, além de ineficiente. Crianças já devem estar deitadas às oito horas. Os adultos não têm o direito de reduzir o tempo de sono das crianças. Elas crescem e se desenvolvem enquanto dormem. Sempre foi assim, desde os primórdios da humanidade.

Para um ex-matemático, era uma objeção sem fundamento científico. Mas decidi de qualquer forma combinar com a agência um desconto no meu salário, correspondente aos gastos excedentes do jantar.

À mesa, o Professor se comportou de forma absolutamente correta e elegante. Empertigado, não fazia nenhum ruído, não derrubava uma só gota de sopa, nem na mesa, nem no guardanapo. Era um mistério por que se comportara tão mal quando estávamos apenas nós dois, se sabia comportar-se tão bem.

"Como chama a sua escola?"

"Seu professor é bonzinho?"

"O que comeram no almoço da escola?"

"O que você quer ser quando crescer? Vamos, conte ao tio."

O Professor fazia diversas perguntas a Raiz enquanto espremia o limão sobre o frango *sauté* e punha ervilhas em seu prato. Não hesitava em perguntar sobre coisas do passado ou do futuro. Percebia-se que ele se esforçava para criar um ambiente agradável no jantar. Não ouvia atentamente todas as respostas do menino, mesmo as lacônicas. Um ex--matemático no ocaso da vida, uma doméstica próxima dos trinta anos, mãe solteira, e um menino estudante de escola primária, os três jantando juntos. Se não houve nenhum silêncio constrangedor nesse ambiente, foi graças ao empenho do Professor.

Contudo, ele não se limitava apenas em adular o menino. Quando Raiz punha os cotovelos sobre a mesa, ou provocava ruído com as louças, ou violava alguma regra de etiqueta (coisas que o próprio Professor costumava fazer), ele o corrigia com delicadeza.

— Você tem que comer bastante! Crescer é o trabalho das crianças.

— Eu sou o mais baixo de toda a classe.

— Não ligue para isso. Agora é hora de armazenar energia. Quando essa energia explodir, você vai crescer de uma vez. Um dia, você vai poder até ouvir os seus ossos crescerem.

— Isso também aconteceu com o senhor, Professor?

— Infelizmente, não. Acho que eu desperdicei a energia em outra direção.

— Qual direção?

— Você sabe, eu tinha meus melhores amigos, mas nunca pude brincar com eles, chutando latas, jogando beisebol ou outras brincadeiras que exercitam o corpo.

— Seus amigos eram doentes?

— Doentes? Que nada, pelo contrário, eram grandes, fortes e resistentes. Mas moravam dentro da minha cabeça, e, assim, só dava para brincar dentro dela. Eu desperdicei a energia nessa direção, e por isso acho que ela não chegou aos meus ossos.

— Ah, já sei! Esses amigos eram os números! Mamãe me disse que o senhor era um grande professor de aritmética.

— Que menino inteligente! Você tem uma intuição muito boa! Isso mesmo, eu não tinha outros amigos além dos números. É por isso que eu digo, é necessário exercitar ativamente os ossos do corpo enquanto somos criança. Compreendeu? E não deixe no prato aquilo que você não gosta. Se ainda não estiver de barriga cheia, não faça cerimônia, pegue a minha parte também.

— Sim, obrigado.

Raiz estava muito feliz com o jantar diferente. Ele respondeu às perguntas do Professor e repetiu o prato só para satisfazê-lo. Enquanto isso, sem poder conter a curiosidade, circulava o olhar por todo o recinto ou observava de soslaio os lembretes no terno do Professor, tomando cuidado para não ser notado.

Tive uma ideia maldosa: e se eu colocasse cenoura na salada do Professor amanhã, o que será que ele ia fazer? Disfarcei um sorriso, enquanto escutava a conversa dos dois.

Poucas foram as oportunidades que Raiz tivera de receber abraços, desde que nascera. Quando eu o vi recém-nascido, em um berço transparente em forma de barco, o que senti estava mais próximo ao medo que à alegria. Chegara ao mundo havia poucas horas. As pálpebras, os lóbulos das orelhas e os calcanhares, imersos até então no líquido amniótico, ainda estavam inchados. Seus olhinhos estavam quase fechados, mas não parecia dormir. Agitava levemente as mãos e os pés que saíam da roupa desajeitada de recém-nascido, grande demais, como se quisesse reclamar a alguém por ter sido largado no lugar errado.

Eu grudei a testa na vidraça do berçário e perguntei a esse mesmo alguém: "Como você sabe que este bebê é meu filho?"

Eu tinha dezoito anos, era ignorante, vivia sozinha. O enjoo que me acompanhara até o parto me deixara com o rosto encovado. Os cabelos estavam malcheirosos por causa do suor. O pijama que vestia estava manchado desde que minha bolsa rompera.

De todos os bebês nos 25 berços alinhados em duas fileiras, ele era o único desperto. Ainda faltavam algumas horas para o dia amanhecer. Com exceção das pessoas vestidas de branco na enfermaria, não havia mais ninguém, nem na sala de espera nem no corredor. O bebê abriu a mão que trazia fechada e mexeu os dedos, meio desajeitado. As unhas, absurdamente pequenas, haviam adquirido uma cor azul-escura. Ele arranhara a minha mucosa e o sangue se coagulara nas unhas.

— Me desculpe, por favor...

Me apressei até a enfermaria, em passos vacilantes.

— Queria que cortasse as unhas do meu bebê. Ele está agitando muito as mãos, e receio que possa ferir o rosto...

Talvez eu procurasse naquela hora demonstrar a mim mesma que era mãe carinhosa. Ou, quem sabe, foi apenas a insuportável recordação da dor nas minhas entranhas que me levou a agir daquela forma.

Meu pai já havia partido quando adquiri a idade do discernimento. Minha mãe amara um homem com quem não pudera se casar, me pusera no mundo e me criara sem auxílio de ninguém.

Ela trabalhava em uma empresa de festas de casamento. Começara como funcionária de serviços gerais e fora acumulando qualificações em todo o tipo de função: guarda-livros, encarregada do vestuário, do arranjo de flores, coordenadora de mesas, e assim por diante, até alcançar por fim o cargo de gerente administrativo.

Era uma mulher que jamais dava o braço a torcer. Detestava, acima de tudo, que eu, sua filha, fosse vista como menina pobre, de um lar sem pai. Não deixávamos, sem dúvida, de ser pobres, mas ela dava tudo de si para manter as aparências, tanto no aspecto material como no espiritual. Dos fornecedores habituais do Departamento de Roupas e Vestidos, ela recebia de presente sobras de tecidos que costumava utilizar para costurar ela mesma os meus vestidos; conversava com os organistas que tocavam nas cerimônias de casamento para que me dessem aulas de piano com desconto nas mensalidades; levava para casa as flores que sobravam após as festas e cuidava para que as janelas do apartamento onde vivíamos estivessem sempre floridas.

Eu me tornei empregada doméstica porque, desde pequena, já cuidava da casa no lugar da minha mãe. Aos dois anos de idade, eu já sabia lavar na água que sobrava na banheira as calcinhas que sujara. Segurei pela primeira vez uma faca, para cortar presunto em tiras e preparar um risoto, antes mesmo de ingressar na escola primária. Na idade do meu filho, já sabia fazer todo o serviço da casa, inclusive pagar a conta de luz e comparecer às reuniões do bairro.

Sobre meu pai, mamãe me transmitiu tão somente a imagem de homem bonito e respeitável. Nunca ouvi uma palavra sequer que o denegrisse. Foi, ao que parece, um empresário do ramo de restaurantes, mas nunca recebi informações mais concretas. Ela as ocultava deliberadamente, repetindo sempre as palavras elogiosas de praxe: esbelto e elegante, fluente em inglês, bom conhecedor de óperas, orgulhoso mas também humilde, dono de um sorriso cativante...

Assim, na imagem que eu tinha do meu pai ele estava sempre posando, como uma escultura de museu de arte. Por mais que me aproximasse dessa figura, ela mantinha um olhar distante e nem se dignava a estender-me a mão.

Entretanto, se meu pai era de fato o homem que minha mãe dizia ser, por que nos abandonara, sem nos prover sequer alguma ajuda financeira? Foi só na adolescência que essa dúvida começou a me incomodar. Mas, a essa altura, tanto fazia como era meu pai. Concordava calada com a fantasia construída por minha mãe.

O que destruiu impiedosamente essa fantasia, junto com os vestidos costurados com sobras, as aulas de piano, os arranjos de flores e tudo o que mais que ela construíra, foi minha gravidez. Isso aconteceu logo depois que passei para o terceiro ano do colégio.

O pai era um estudante universitário de engenharia elétrica, que conheci no meu trabalho de meio período. Era um rapaz culto e calmo, mas não teve generosidade suficiente para aceitar o que acontecera entre nós. Seus conhecimentos quase místicos de engenharia elétrica, que tanto haviam me encantado, não serviram para nada. Ele se revelou um mero idiota e desapareceu.

Apesar de termos em comum o fato de trazer ao mundo uma criança sem pai — ou talvez justamente por isso — eu não consegui, de maneira nenhuma, aplacar a ira da minha mãe. Sua ira vinha trespassada de lamento e angústia. Tão intensas eram as suas emoções que eu não conseguia mais avaliar meus próprios sentimentos. Passada a vigésima segunda semana de gravidez, eu saí de casa e suspendi qualquer contato com minha mãe.

Quando saí da maternidade e fui com meu filho para uma moradia pública denominada Casa da Mãe Solteira, fui recebida apenas pela governanta do lugar. Eu dobrei a única fotografia que conservara do pai do bebê e a guardei junto com o seu cordão umbilical na caixinha de madeira que recebera na maternidade.

Quando consegui num sorteio uma vaga numa creche para bebês pequenos, não hesitei em me apresentar na Agência Akebono de Empregadas Domésticas, para ser entrevistada. Não havia outro lugar onde eu poderia aproveitar meus parcos conhecimentos.

Reatei os laços com minha mãe um pouco antes de o meu filho ingressar na escola primária. Ela me enviou, inesperadamente, uma mochila escolar. Nessa época, eu já havia deixado a Casa da Mãe Solteira e me tornara de fato independente. Minha mãe continuava firme no cargo de gerente na empresa de cerimônias de casamento.

Bem quando nosso relacionamento conturbado se acalmou e eu começava a sentir a enorme tranquilidade que me trazia a presença de uma avó por perto, minha mãe faleceu de hemorragia cerebral.

Assim, quando vi o Professor abraçar Raiz com todo o carinho, fiquei mais feliz do que o próprio menino.

Não demorou muito para que a nossa vida a três, com a participação de Raiz, entrasse em um ritmo rotineiro. A verdade é que não houve mudanças profundas no meu trabalho, a não ser no preparo do jantar, agora para três pessoas. A sexta-feira era o dia mais agitado. Nesse dia, eu precisava preparar as refeições do fim de semana e congelá-las. Eu explicava ao Professor, à exaustão, como ele devia combinar os pratos, por exemplo, o bolo de carne e o purê de batatas, o peixe cozido e as verduras, e como deveria descongelá-los. Mas ele nunca chegou a dominar a operação do micro-ondas.

No entanto, quando eu retornava na manhã da segunda-feira, não encontrava sinal das refeições que preparara. Tanto o bolo de carne quanto o peixe cozido tinham sido descongelados e desaparecido para dentro da barriga do Professor, os pratos estavam lavados e restituídos à prateleira.

Sem dúvida, a viúva vinha cuidar dele na minha ausência. Mas ela jamais dava o sinal de sua graça enquanto eu trabalhava. Eu não conseguia compreender por que ela impedia em termos tão severos o contato entre a edícula e a casa principal. Descobrir como eu devia me relacionar com a viúva era um problema inédito para mim.

Para o Professor, o problema era sempre a matemática. Eu lhe dizia como achava maravilhosa a sua capacidade de concentrar-se por longo tempo em um problema, e ainda conseguir resolvê-lo e receber prêmios em dinheiro por isso, mas meus elogios não lhe causavam alegria.

— Isto aqui não passa de uma brincadeira — respondia ele, mais triste que humilde. — Quem propôs o problema conhece a solução. Resolver um problema com uma solução garantida é como subir uma trilha na montanha com um guia, rumo a um cume que você já consegue ver. A verdade dos números está escondida de todos, silenciosamente, lá onde caminho algum vai ter. Nem sempre é no cume. Pode estar entre as rochas de um despenhadeiro, ou quem sabe no fundo de um vale.

À tarde, quando ele ouvia a voz do meu filho chegando da escola, ele sempre saía de seu gabinete, não importava quão concentrado estivesse em seus números. Ele, que tanto odiava intromissões nas horas dedicadas ao trabalho de pensar, deixava de bom grado essa restrição quando se tratava de Raiz. Se bem que, quase sempre, meu filho entrava apenas para deixar a mochila e saía para jogar beisebol com amigos, fazendo o Professor dar meia-volta e retornar desapontado ao gabinete.

Por isso, o Professor ficava feliz quando chovia. Porque podia então resolver junto com Raiz os deveres de casa, de aritmética.

— Parece até que fico mais inteligente estudando no quarto do Professor!

Para Raiz, o gabinete atulhado de livros era uma novidade atraente, pois no apartamento onde eu e ele vivíamos não havia uma só estante de livros.

O Professor afastava para um canto os cadernos, os clipes e as raspas de borracha para Raiz poder abrir os exercícios de aritmética.

Será que todos os estudiosos de matemática avançada são bons professores, quando se trata de ensinar coisas muito simples para eles, como aritmética das escolas primárias? Ou será que ele tinha um dom especial para isso? A verdade é que o Professor conseguia ensinar frações, razão ou cálculo de volumes com impressionante habilidade. Eu chegava a pensar que todos os adultos deveriam imitá-lo na hora de ajudar uma criança a resolver suas lições de casa.

— 355 vezes 840; 6 239 dividido por 23; 4,62 mais 2,74; 5 e 2/7 menos 2 e 1/7...

O Professor iniciava fazendo meu filho ler as questões, fossem elas apenas contas ou enunciados de problemas.

— As questões possuem ritmo. É como a música. É preciso ler em voz alta para perceber esse ritmo. Assim se consegue vislumbrar a questão inteira, e também ter uma ideia dos pontos suspeitos, que podem esconder uma armadilha.

Raiz lia numa voz clara que preenchia todos os recantos do gabinete:

— Comprei 2 lenços e 2 meias ao preço de 380 ienes. Comprei depois mais 2 lenços e 5 meias iguais a essas, e paguei 710 ienes. Qual o preço de um lenço? E de uma meia?

— Então, como vamos começar?

— Ah, está difícil!

— De fato, talvez o mais danado de todos da lição de hoje. Mas você conseguiu ler muito bem o problema. Muito bem mesmo. Ele é composto de três partes. O lenço e as meias aparecem três vezes cada um: X lenços, X meias, X ienes. X lenços, X meias, X ienes... Você apanhou bem o ritmo dessa repetição. É um enunciado sem graça, mas pareceu que você estava recitando uma poesia.

O Professor não media esforços para elogiar Raiz. Enquanto isso, o tempo passava rapidamente e o problema continuava sem solução. Mas ele não se afligia. Mesmo quando Raiz se enfiava em um beco tolo sem saída, ele conseguia descobrir algum ponto valioso nisso, como se recolhesse um grão de ouro do fundo lamacento de um rio.

— Que tal pormos em um desenho o que esta pessoa comprou? Para começar, são 2 lenços, não é isso? E 2 pares de meias...

— Mas isso aí não parecem meias. Parecem lagartas gordas. Deixa que eu desenho.

— Ah, olha só! É assim que se deve fazer para parecerem meias!

— Dá muito trabalho desenhar 5 meias! Esta pessoa comprou a mesma quantidade de lenços, e só aumentou a quantidade de meias. Ih, as minhas meias também saíram parecidas com lagartas!

— Que nada, está perfeito! É como você disse. Como ele comprou mais meias, saiu mais caro. Vamos ver quanto mais caro.

— Ah, 710 menos 380, vai dar...

— Melhor deixar anotado direitinho as contas que fez, sem apagá-las.

— Eu sempre faço as contas de qualquer jeito, no verso de um papel velho.

— É que toda expressão aritmética ou conta tem um sentido. Não merecem ser tratadas com carinho, coitadas?

Eu estava sentada na cama, costurando. Quando os dois começavam a resolver a lição de casa, eu costumava levar minhas tarefas para o gabinete, para ficar junto deles tanto quanto possível. Passava ferro nas camisas, tirava manchas do tapete, tirava o fio das vagens de ervilha-torta. Quando estava na cozinha, escutava volta e meia as risadas dos dois e me sentia sozinha, escanteada. E, também, eu queria estar por perto quando alguém tratava meu filho com carinho.

O ruído da chuva soava alto no gabinete do Professor. Como se, só ali, o céu fosse particularmente mais baixo. A copa frondosa das árvores não permitia que pessoas de fora espiassem o interior, por isso as cortinas ficavam abertas mesmo depois quê a noite caía, e os rostos de ambos estavam refletidos, turvados, no vidro da janela. O odor de papel era ainda mais intenso nos dias de chuva.

— Muito bem, muito bem, já chegamos na conta de dividir. Está no papo!

— Descobrimos primeiro o preço das meias! É de 110 ienes.

— Ótimo! Mas não se descuide... Talvez o lenço, com essa cara de santinho, seja mais malandro...

— Pode ser... Ah, é mais fácil lidar com números pequenos, então...

Raiz se espichava para aproximar o rosto da mesa um pouco alta demais para ele, e empunhava o lápis todo marcado de mordidas. O Professor observava os movimentos das mãos do menino com ar relaxado, de pernas cruzadas, passando vez ou outra a mão sobre a barba por fazer. Não era mais um frágil velhinho, nem um cientista absorto em pensamentos, mas o autêntico protetor daquela criança pequena. As duas silhuetas ora se juntavam, ora se sobrepunham. Ouvia-se em meio ao barulho da chuva o atrito da borracha no papel e os ruídos que o Professor produzia com suas dentaduras.

— Eu posso ir escrevendo as expressões aritméticas uma a uma, em ordem? O professor da escola fica bravo se não juntar tudo em uma só.

— Que professor esquisito! Ele não pode ficar zangado porque o aluno está sendo cuidadoso para não errar.

— É, pode ser... Vamos ver, 110 vezes 2 dá 220; 380 menos isso... 160. Dividido por 2 dá... 80. Achei! Os lenços custam 80 ienes cada.

— Acertou! Perfeitamente correto!

O Professor afagou a cabeça do menino, que erguia os olhos repetidas vezes para ele, como se não quisesse perder a expressão de alegria que havia em seu rosto.

— Pois então, posso lhe dar uma lição de casa eu mesmo?

— Ai!

— Ora, não faça cara feia. Estudando com você, fiquei com vontade de imitar seu professor e lhe passar uma lição de casa.

— Isso não está certo!

— É só uma questão. Preste atenção: qual é a soma de todos os números inteiros, de 1 a 10?

— Só isso? Facinho! Faço num instante, sem problemas. Mas quero uma coisa em troca. Que o senhor conserte o rádio.

— Consertar o rádio?

— Sim. Porque quando venho para cá eu fico sem saber o que está acontecendo no beisebol. Não tem televisão e o rádio está quebrado... O campeonato já começou, Professor!

— Oh!... O beisebol profissional, não é? — O Professor soltou um longo suspiro, com a mão sobre a cabeça do menino. — E por qual time você torce?

— É só ver o meu boné. Os Tigers.

Raiz pôs na cabeça o boné abandonado ao lado da mochila.

— Ah, os Tigers! Os Tigers, então? — murmurou o Professor, como se explicasse para si mesmo. — Eu sou fã de Enatsu. Enatsu, o ás dos Tigers.

— De verdade? Que bom que o senhor não é torcedor dos Giants! Então precisa mesmo consertar o rádio! — disse Raiz, amolando o Professor, que continuava murmurando alguma coisa.

Eu fechei a caixa de costura e me ergui da cama.

— Muito bem, vamos jantar.

3

Consegui finalmente tirar o Professor de casa. Desde que eu começara a trabalhar ali, ele nunca dera um passo sequer para a rua, nem mesmo para o jardim, e eu achava que seria bom para a sua saúde tomar um pouco de ar fresco.

— Está um lindo dia lá fora! — eu não estava mentindo. — Dá vontade de encher os pulmões debaixo do sol.

Mas o Professor, espichado na espreguiçadeira lendo um livro, me dava apenas respostas vagas.

— Que tal dar uma volta pelo parque e depois passar no barbeiro?

— Para quê? — disse ele, abaixando os óculos que a idade exigia e fitando-me por cima deles.

— Não precisa de motivo para isso. As cerejeiras do parque ainda estão em flor, e os cornisos estão desabrochando. E o senhor vai sentir-se melhor com os cabelos aparados.

— Eu já estou me sentindo bem.

— Movendo as pernas e ativando a circulação, quem sabe consiga até boas ideias para trabalhar com a matemática.

— O sangue circula pelos pés e pelo cérebro por rotas diferentes.

— Mas o senhor ficaria muito mais bonito com o cabelo cortado...

— Que besteira!

O Professor desfiou uma série infindável de desculpas, mas cedeu finalmente ante a minha insistência e fechou o livro, a contragosto. Na sapateira, tudo que havia era um par meio mofado de sapatos de couro.

— Você vai me acompanhar, não é? — ele procurava se assegurar repetindo a pergunta diversas vezes, enquanto eu engraxava os sapatos. — Olhe aqui, estou indo porque você vai junto. Não vá voltar para casa sozinha enquanto eu estiver cortando o cabelo, ouviu bem?

— Sim senhor, fique sossegado. Eu estarei ao seu lado.

O sapato não ficava brilhante, por mais que eu engraxasse.

O problema eram os lembretes grudados por todo o corpo. O que fazer com eles? Se o Professor saísse daquele jeito, sem dúvida alguma atrairia a curiosidade de todos. Hesitei, pensando se seria melhor me oferecer para despregar os lembretes todos antes de sair, mas, como ele mesmo não parecia se incomodar com isso, decidi enfrentar a situação.

O Professor não ergueu o rosto para o céu azul, não lançou um olhar sequer às vitrines das lojas ou aos cachorros que passavam. Seguia caminhando desajeitadamente, com os olhos pregados nos próprios pés. Longe de relaxar, ele parecia tenso e estressado.

— Veja ali. As cerejeiras estão em plena flor.

Eu procurei puxar conversa, mas ele mal respondia. Assim exposto à claridade do dia, ele parecia ainda mais idoso.

Resolvemos cortar o cabelo em primeiro lugar. O barbeiro era um homem gentil e perspicaz. Espantou-se de início com a estranha figura de terno, mas logo percebeu que devia haver algum motivo especial para aquela aparência, e nos atendeu com delicadeza.

— Em companhia da filha? Que bom! — comentou ele, mas nem eu e nem o Professor quisemos corrigi-lo.

Esperei sentada no sofá entre os fregueses até que o barbeiro terminasse seu trabalho.

Enfiado na capa, o Professor pareceu mais estressado ainda. Talvez o corte de cabelo lhe trouxesse alguma recordação bem desagradável. O rosto carregado, os dedos crispados agarrando ambos os braços da poltrona, a testa enrugada. O barbeiro procurava relaxá-lo conversando sobre amenidades, mas debalde. O Professor, por sua vez, punha a perder a amabilidade do barbeiro com as perguntas insólitas de sempre:

— Que número você calça?

— Qual é o numero do seu telefone?

Apesar de estar me vendo pelo reflexo no espelho, nem assim parecia se sentir seguro, e voltava-se de vez em quando para checar se de fato eu não havia traído a promessa. Nessas horas o barbeiro tinha que interromper as tesouradas, mas aceitou sem reclamar esse capricho do freguês. Eu erguia um pouco a mão e acenava sorrindo, para mostrar que permanecia ali, comportadinha.

As mechas de cabelos brancos escorregavam e se espalhavam pelo assoalho. O barbeiro nem em sonho suspeitaria que o conteúdo daquela caixa craniana coberta de cabelos grisalhos fosse capaz de acertar a quantidade total de números primos existente entre um e cem mil. E nenhum de seus clientes esperando impacientes no sofá, que torciam para que aquele maluco fosse embora logo, tampouco saberia do segredo oculto na data do meu aniversário e no número inscrito no relógio de pulso do Professor. Pensar isso me deu, não sei por quê, certo orgulho. Acenei novamente para o espelho, dessa vez com um sorriso mais alegre.

Saindo da barbearia, sentamo-nos em um banco do parque e tomamos cafés em lata. O parque tinha um tanque de areia, um chafariz e uma quadra de tênis. A cada brisa, as pétalas de cerejeira esvoaçavam e as sombras das folhas se agitavam sobre a face do Professor. Todos os lembretes tremulavam sem parar. O Professor encarava o interior da lata de café como se suspeitasse do conteúdo.

— Ficou muito garboso e bonito, tal como pensei, Professor!

— Ora, deixe de brincadeira!

O odor do creme de barbear substituíra o cheiro habitual de papel.

— Que área da matemática o senhor pesquisou na universidade?

Estava claro que seria um assunto fora do alcance da minha compreensão, mas perguntei mesmo assim. Queria conversar sobre matemática, seu assunto preferido, em agradecimento por ter ele aceitado a minha sugestão e saído de casa.

— A área considerada a rainha da matemática — respondeu o Professor, tomando um gole de café da lata. — Bela e nobre como uma rainha, mas também cruel como o diabo. É muito simples, posso explicar em poucas palavras. Eu estudei os números inteiros que todos conhecem, isto é, 1, 2, 3, 4, 5, 6, 7..., e as relações entre eles.

Surpreendi-me por ter ele utilizado um termo como "rainha", mais apropriado a contos de fadas. As batidas de bolas de tênis chegavam aos nossos ouvidos. Todos que passavam por nós, desde corredores se exercitando e ciclistas a mães empurrando carrinhos de bebê, desviavam apressadamente o olhar quando reparavam no Professor.

— Quer dizer, o senhor descobria essas relações?

— Isso mesmo, são verdadeiras descobertas. Não são invenções. Trata-se de desenterrar teoremas que já estavam lá mesmo antes de eu nascer, sem que ninguém suspeitasse da sua existência. É como compilar, linha por linha, as verdades que só se acham escritas no caderno de Deus. Ninguém sabe onde está esse caderno, nem quando se pode encontrá-lo aberto.

Quando disse "teoremas que já estavam lá", ele apontou aquele ponto perdido no espaço que costumava fitar nos momentos em que estava "pensando".

— Por exemplo, quando pesquisava em Cambridge como bolsista, estudei a conjectura de Artin sobre formas cúbicas com coeficientes inteiros. Baseado na técnica conhecida como método do círculo, usando a geometria algébrica, a teoria dos inteiros algébricos, a aproximação diofantina... Tentei encontrar uma forma cúbica que não obedecesse à conjectura de Artin... No fim, encontrei uma demonstração para uma variante, em condições específicas...

O Professor apanhou um graveto caído embaixo do banco e foi rabiscando certas "coisas" no chão com ele. "Coisas" — não encontro outro jeito de descrever. Eram números, alfabeto, símbolos misteriosos, que se interligavam e compunham expressões matemáticas. Não entendi patavina do que ele dizia, mas pude compreender que havia ali um caminho lógico bem definido, e que o Professor avançava pelo meio dele. A tensão que o dominara na barbearia havia desaparecido por completo. O graveto, quase seco, registrava o pensamento do Professor sobre o chão sem um instante de pausa. De repente, uma malha de renda tecida por expressões matemáticas se espalhava em volta dos nossos pés.

— Posso lhe falar de uma descoberta que fiz?

Isso me escapou da boca sem querer no momento em que o graveto parou de se mover trazendo de volta o silêncio. Talvez, enlevada pela beleza da malha de rendas do

Professor, eu tenha sentido vontade de dar a minha contribuição para ela. Minha descoberta era infantilíssima, mas eu estava certa de que o Professor não a desprezaria.

— Somando os divisores de 28, chegamos a 28...
— Oh!

Q Professor escreveu, depois da conjectura de Artin:

$$28 = 1 + 2 + 4 + 7 + 14$$

— É um número perfeito.
— Número "perfeito"? — repeti, saboreando o tom assertivo dessa palavra.
— O menor dos números perfeitos é 6. $6 = 1 + 2 + 3$.
— Ah, é mesmo! Então não é nada muito raro...
— Não, absolutamente. São números preciosos, que fazem jus ao nome. O próximo número perfeito depois de 28 é 496. $496 = 1 + 2 + 4 + 8 + 16 + 31 + 62 + 124 + 248$. Depois vem o 8128. E depois, 33 550 336. E depois, 8 589 869 056. A dificuldade em se encontrar números perfeitos aumenta assustadoramente à medida que os números crescem.

Espantei-me com a facilidade que o Professor demonstrava para sacar de memória números da ordem dos bilhões.

— Logicamente, exceto os números perfeitos, para todos os outros números a soma dos seus divisores é ou maior, ou menor que eles. Quando a soma é maior, são números abundantes, e quando é menor, números deficientes. Uma nomenclatura bem clara, não acha? Veja o número 18. A soma dos divisores é $1 + 2 + 3 + 6 + 9 = 21$. Portanto, 18 é um número abundante. Já 14 dá $1 + 2 + 7 = 10$, e assim ele é um número deficiente.

Os números 18 e 14 surgiram na minha imaginação. Já não eram mais simples números para mim, depois de ouvir as explicações do Professor. De repente o 18 me pareceu arfante sob uma carga excessiva, e o 14, atônito em face do vazio criado pela deficiência.

— São muitos os números deficientes apenas por 1, mas não existe nenhum número abundante por 1. Ou melhor, o correto seria dizer que ninguém descobriu nenhum até hoje.

— Por que será?

— A resposta está escrita somente no caderno de Deus.

Os raios brandos do sol incidiam por igual sobre tudo que se via. Até os insetos mortos que boiavam no chafariz pareciam brilhar. Reparei que um dos lembretes pregados no peito do Professor, o mais precioso de todos, que dizia: "Minha memória não vai além de 80 minutos", ameaçava despregar-se. Estendi a mão e reapertei o clipe que o prendia.

— Vou lhe mostrar uma outra característica dos números perfeitos.

O Professor empunhou novamente o graveto, recolheu as pernas para baixo do banco para abrir espaço.

— Os números perfeitos podem ser exprimidos como soma de uma sequência contínua de números naturais.

$$6 = 1 + 2 + 3$$
$$28 = 1 + 2 + 3 + 4 + 5 + 6 + 7$$
$$496 = 1 + 2 + 3 + 4 + 5 + 6 + 7 + 8 + 9 + 10 + 11 + 12 + 13 + 14 + 15 + 16 + 17 + 18 + 19 + 20 + 21 + 22 + 23 + 24 + 25 + 26 + 27 + 28 + 29 + 30 + 31$$

Ele escreveu a longa soma estendendo o braço ao máximo. Os números estavam enfileirados de forma simples e ordenada. Uma linha precisa e afiada, carregada de uma tensão eletrizante.

As fórmulas complicadas da conjectura de Artin mesclavam-se sem hostilidade às somas de divisores do número 28 e se espraiavam ao nosso redor. Os números, conectados uns aos outros, eram pontos formando uma renda de urdidura espantosamente sofisticada. Eu fiquei imóvel, receando que um movimento descuidado dos meus pés apagasse algum número.

Parecia que, naquele momento, o mistério do universo transparecia através daquela renda ao redor dos nossos pés. Apenas ali se abria o caderno de Deus.

— Muito bem — disse o Professor —, vamos andando.

— Sim — concordei —, Raiz vai chegar daqui a pouco.

— Raiz...?

— Meu filho de dez anos. Tem a cabeça achatada, como o símbolo da raiz.

— Então você tem um filho! Quando uma criança volta da escola, é preciso que a mãe a receba. Vamos depressa. Não há felicidade maior que ouvir a voz do filho chegando da escola! — disse o Professor, e se levantou.

Nesse momento, ouvimos o choro de uma criança vindo do tanque de areia. Uma menina de uns dois anos de idade chorava com uma pá de brinquedo nas mãos, talvez porque a areia tivesse entrado em seus olhos. Com uma agilidade inédita, o Professor se aproximou dela, dirigiu-lhe algumas palavras e espiou seu rosto. Pela delicadeza com que limpou a areia do seu vestido, pude perceber quanto ele amava todas as crianças, não apenas Raiz.

— Tire as mãos dela, por favor!

A mãe surgiu não sei de onde, afastou bruscamente as mãos do Professor e saiu correndo num instante com a criança nos braços.

O Professor permaneceu no cercado de areia, só e estupefato. Fiquei observando suas costas, sem poder fazer nada.

As pétalas de cerejeira caíam bailando, acrescentando novos desenhos ao mistério do universo.

— Fiz minha lição direitinho! Agora, conserte o rádio como me prometeu.
Raiz entrou correndo pela porta.
— Aqui está.
Ele apresentou imediatamente o caderno de aritmética.

$1 + 2 + 3 + 4 + 5 + 6 + 7 + 8 + 9 + 10 = 55$

O Professor observou a soma com todo o cuidado, como se examinasse uma demonstração matemática de alta complexidade. Não podendo recorrer à memória para saber por que dera aquela lição de casa ao menino, nem o que isso tinha a ver com o conserto de rádio, ele procurava achar respostas na soma.

O Professor tomava sempre o cuidado de não perguntar, na medida do possível, nem a mim nem ao meu filho, sobre fatos ocorridos mais de oitenta minutos antes. Apenas uma pergunta a qualquer um de nós, sobre os antecedentes da lição e do conserto de rádio, e teríamos explicado tudo de muito bom grado. No entanto, ele procurava descobri-los sozinho, com os indícios colhidos da própria situação, talvez porque a sua inteligência, já de início brilhante, lhe permitisse compreender melhor a natureza da sua enfermidade. Eu não diria que ele fazia isso para proteger seu amor-próprio, mas sim que ficava terrivelmente constrangido por perturbar as pessoas que viviam normalmente, no mundo das memórias comuns. Por isso, eu evitava interferir sem que houvesse necessidade.

— Ora veja, uma soma dos números de 1 a 10!

— Está certa, não está? Eu revisei muitas vezes, tenho certeza disso.

— Está correto!

— Consegui! Então, vamos levar o rádio para o conserto.

— Espere um pouco, meu jovem — disse o Professor, limpando a garganta, como se quisesse ganhar tempo. — Eu queria que me explicasse como chegou a este resultado correto.

— Mas precisa explicar? É só ir somando um por um.

— Um procedimento honesto, para ninguém pôr defeito. E seguro.

Raiz fez que sim com a cabeça.

— Porém, pense um pouco. O que você faria se um professor mais maldoso lhe pedisse para somar os números de 1 a 100?

— Vou somando, mesmo.

— Sim, porque você é um menino honesto. Além disso, é perseverante, e tem fibra. Por isso, acho que chegaria ao resultado correto, mesmo que fosse de 1 a 100. Mas se esse professor for mesmo um demônio, e lhe der um problema atrás do outro, lhe mandando somar de 1 a 1000? De 1 a 10 000? Ele daria gargalhadas, vendo você, tão honesto, sofrendo com contas compridas que só! Você iria aguentar?

Raiz fez que não.

— Decerto que não. Vamos deixar esse professor demônio ser arrogante desse jeito? Vamos dar uma lição nele, não é?

— Mas como?

— Descobrindo um jeito de calcular bem mais simples, que funcione mesmo quando os números são enormes. E então vamos juntos ao eletricista consertar o rádio.

— Ah, não vale! Não foi o que o senhor me prometeu! Não vale, não vale, não vale!

Raiz bateu os pés no chão.

— Comporte-se, menino! Você não é mais bebê! — eu o repreendi.

Mas o Professor não se deixava abalar, por mais que o menino esperneasse.

— Então basta chegar à solução certa, para terminar a lição? Não é bem assim. Há um outro caminho para se chegar ao 55. Não quer viajar por ele?

— Não quero — Raiz continuava emburrado.

— Está bem. Então, faremos o seguinte: o rádio já está muito velho, e acho que vai levar muitos dias até voltar a funcionar, mesmo que o levemos hoje para o conserto. Será que você consegue descobrir esse caminho antes de o rádio voltar do conserto? Quer apostar essa corrida?

— Sim... Mas falando a verdade, não estou seguro. Um outro caminho para somar de 1 a 10? Nem sei se existe...

— Ei, o que é isso? Não sabia que você era tão medroso. A briga nem começou e você está se rendendo?

— Está bem. Vou tentar. Mas não garanto que vou achar esse caminho antes de o rádio voltar do conserto. Sabe, tenho muitas coisas para fazer.

— Tudo bem, tudo bem.

Como sempre, o Professor afagou a cabeça do menino. Depois disse, de repente:

— Opa, é uma promessa importante! Preciso escrever um lembrete direitinho para não esquecer!

Então arrancou um papel do bloco de notas e, com um lápis, escreveu nele o essencial. Depois, prendeu-o com um clipe na gola do terno, em um pequeno espaço livre.

Fez isso com uma presteza inimaginável para alguém que se mostrava tão desajeitado nas trivialidades do dia a dia. Dir-se-ia que era um gesto bem treinado. O novo lembrete logo se fundiu aos antigos.

— Você vai terminar a lição antes da transmissão dos jogos. Desligar o rádio durante o jantar. E não vai perturbar o Professor quando ele estiver trabalhando. Entendeu? Combinado? — eu adverti.

Raiz respondeu sim, sim, com enfado.

— Eu já sei, não precisa me dizer. Os Tigers estão fortes este ano. Bem diferentes do ano passado, quando ficaram em último lugar pelo segundo ano seguido. Venceram de virada os Giants, no jogo de abertura da temporada.

— Então eles estão em boa forma — comentou o Professor. — E como está a média de corridas limpas de Enatsu? — continuou ele, observando atentamente nossos rostos. — A quantas anda a relação de *strikeouts* dele?

Houve uma pausa antes de Raiz responder.

— Enatsu foi vendido, antes de eu nascer. E também, ele já está aposentado...

— Oh — fez o Professor, e perdeu a fala, petrificado.

Foi a primeira vez que o vi assim assustado e perplexo. Mesmo quando coisas não cobertas pela sua memória vinham à baila de repente, ele sempre conseguia aceitá-las com serenidade. Desta vez, porém, a situação era bem diferente. Ele não fazia a menor ideia de como lidar com aquilo. Vendo-o nesse estado, me esqueci até mesmo de consolar meu filho, que também estava chocado por ter percebido a gravidade do que havia dito.

— Mas... ele jogou muito bem pelo Carp... foi até campeão japonês... — acrescentou o menino, numa tentativa de consolá-lo, mas o efeito foi oposto.

— O quê? O Carp? Mas que coisa! Imagine, Enatsu sem o uniforme listrado dos Tigers!

O Professor fincou os cotovelos sobre a escrivaninha e agarrou os cabelos arrumados pelo barbeiro. Aparas de cabelo caíram sobre o caderno aberto. Foi a vez de o menino afagar a cabeça do Professor, como se quisesse pedir-lhe perdão pela gafe que cometera.

Nessa noite, caminhamos de volta para o apartamento quase em silêncio.

— Os Tigers também jogam hoje?

Tentei puxar conversa, mas Raiz só dava respostas desanimadas.

— Contra quem eles jogam?

— Taiyo.

— Será que vão ganhar?

— Não sei.

As luzes estavam apagadas na barbearia onde tínhamos ido de dia, não havia vivalma no parque e as expressões matemáticas escritas com o graveto estavam ilegíveis, imersas na penumbra.

— Para que fui dizer aquilo! — lamentou o menino. — Eu não sabia que o Professor gostava tanto de Enatsu...

— Nem eu sabia.

E então, consolei meu filho dizendo algo que talvez não fosse apropriado:

— Não se preocupe. Amanhã tudo voltará ao normal. Amanhã, o Enatsu do Professor será novamente o ás dos Tigers.

O problema que o Professor passara como lição de casa era tão complicado quanto o problema de Enatsu.

Exatamente como previra o Professor, o eletricista a quem nós levamos o rádio coçou a cabeça e disse que nunca vira um modelo tão antigo quanto aquele. Não nos pareceu confiante quanto ao conserto, mas conseguimos convencê-lo a tentar pelo menos por uma semana. No caminho de volta para casa, cumprida a jornada de trabalho, eu pensava todos os dias na solução do problema proposto: "Qual a soma de todos os números inteiros de 1 a 10?" Na verdade, a tarefa era para meu filho, mas ele desistira já de início, então eu fui obrigada a tentar em seu lugar. Creio que ainda estava me sentindo mal pelo episódio de Enatsu. Não queria decepcionar novamente o Professor, e, mais do que tudo, gostaria de alegrá-lo. Para isso, não havia outra forma senão recorrer à matemática.

Eu experimentei recitar o problema em voz alta, como ele sempre exigia do meu filho:

— 1 + 2 + 3 + ... + 9 + 10 é igual a 55. 1 + 2 + 3 + ... + 9 + 10 é igual a 55. 1 + 2 + 3 + ...

Mas isso não produziu o efeito esperado. Serviu-me apenas para constatar mais do que nunca como era simples a formulação matemática, em contraste com a complexidade da solução procurada.

Depois, eu experimentei escrever os números de 1 a 10 em linhas verticais e horizontais; separei-os em grupos, os números pares e os ímpares, os números primos e os outros. Lancei mão de palitos de fósforo e de bolas de gude. Mesmo durante o serviço, quando achava uma folga, eu escrevia os números no verso de algum anúncio e procurava descobrir uma saída.

No caso dos números amigos, havia muitas contas a fazer, e quanto mais tempo eu me empenhava mais progressos fazia. Agora, porém, eu estava perdida. Estendia as mãos para todos os lados e não sentia solidez alguma, não encontrava apoio algum, e acabava sem saber nem mesmo para onde queria ir. Às vezes eu me sentia andando em círculos erráticos, outras vezes regredindo cada vez mais. Na prática, passava a maior parte do tempo apenas olhando o verso de algum anúncio.

Mesmo assim, não desisti. Era a primeira vez, desde quando engravidei de Raiz, que um único problema ocupava meus pensamentos de forma assim completa e permanente.

Achava até estranho que pudesse levar tão a sério uma brincadeira infantil como essa, que não me traria qualquer proveito. No começo, eu tinha sempre o Professor em mente, mas sua presença foi se afastando para segundo plano, até que eu me vi sozinha, encarando o problema em um duelo. Quando despertava de manhã, era a expressão "$1 + 2 + 3 + ... + 9 + 10 = 55$" que me saltava diante dos olhos antes de qualquer outra coisa, e lá se assentava o dia todo. Ela estava gravada na minha retina e eu não tinha como apagá-la ou ignorá-la.

No começo não passava de uma preocupação desagradável, mas foi se transformando em obsessão, chegando até a me despertar um inesperado senso de desafio. São poucas as pessoas que conhecem o mistério dessa expressão. A grande maioria passa a vida inteira sem sequer pressentir a sua existência. E, por um capricho do destino, ali estava uma empregada doméstica, que supostamente devia viver longe de expressões matemáticas, prestes a tocar a porta do mistério. Desde o momento em que ela fora apresentada ao Professor pela Agência Akebono de Empregadas Domésticas, alguém lançara um raio luminoso sobre ela, concedendo-lhe um desafio muito especial. E ela nem se dera conta disso...

— Olha só, fazendo assim não me pareço com o Professor, quando está pensativo?

Fiz uma pose, levando a mão à têmpora com um lápis entre o dedo indicador e o médio. Eu já havia utilizado todas as folhas de anúncio recebidas naquele dia, mas, como sempre, sem progresso algum.

— Nem um pouco. O Professor, quando está resolvendo problemas de matemática, não fica falando sozinho como você, mamãe. E também não fica arrancando os cabelos. O corpo dele está lá, mas seu espírito está longe, em algum lugar — disse Raiz.

E acrescentou:

— E, também, os problemas que ele resolve são muito mais difíceis.

— Não precisa me dizer, que eu sei. E você acha que estou sofrendo por causa de quem? Venha me ajudar, em vez de ficar lendo essas revistas de beisebol.

— Eu vivi só um terço de sua vida. Essa lição é difícil demais para mim.

— Já está conseguindo usar frações a qualquer hora? Quanto progresso! Graças ao Professor.

— É, pode ser...

Raiz espiou o que eu havia escrito no verso das folhas de anúncio e assentiu com a cabeça, com ares de entendido.

— Está indo muito bem.

— Você está falando do que não entende, só para me consolar!

— Melhor que nada, não é?

Dito isso, Raiz voltou à revista de beisebol.

No passado, quando os maus-tratos de certos empregadores (que me acusavam de ter roubado, jogavam no lixo diante dos meus olhos a comida que eu acabara de preparar, me xingavam de incompetente) me faziam chorar, Raiz, ainda pequeno, costumava me dar apoio.

— Vai dar tudo certo, mamãe, porque você é bonita! — era o que ele dizia, com toda convicção.

— Ah é?... mamãe é bonita, então?

— É sim. Não sabia? — ele fingia espanto, e repetia novamente: — Então vai tudo dar certo. Porque você é bonita.

Às vezes, mesmo quando a situação não era tão grave a ponto de me fazer chorar, eu fingia só para ganhar os agrados de Raiz. Ele sempre participava, também simulando acreditar no meu choro.

— Estava pensando... — disse ele de repente. — De todos os números de 1 a 10, só o 10 parece estar sobrando, não?

— Por quê?

— Só ele tem duas casas decimais.

Realmente, era verdade. Eu experimentara classificar os números de diversas formas, mas ainda não havia tentado prestar atenção no único número diferente.

Observei outra vez os dez números, e me surpreendi como o 10 se destacava dos outros. Fiquei perplexa por não ter percebido antes algo que saltava aos olhos dessa forma. O 10 era o único que não podia ser escrito de uma só penada.

— Se não tivesse esse 10, o meio ficava certinho, e seria mais gostoso de ver.

— Meio? Que meio?

— Ah, você não entende porque não veio no último dia de visita dos pais à escola. Justo no dia de educação física, que é o meu forte. Na aula de educação física o professor dá a ordem: "Formar fila em direção ao centro!" Então, quem está no meio levanta a mão. E a gente forma a fila com os olhos nele. Se a fila é de nove pessoas, quem está no meio é o quinto, mas se tem dez, aí atrapalha. Ninguém sabe quem está no meio, só por ter um a mais na fila.

Eu deixei o 10 afastado, sozinho, enfileirei os números de 1 a 9 e marquei o 5 com um círculo.

Sem dúvida alguma, o 5 estava no meio. Tinha quatro números à frente e quatro números atrás. Ele se punha na posição de sentido e erguia orgulhosamente a mão para o céu, para mostrar que era ele o centro legítimo.

Senti então uma mágica que nunca experimentara na minha vida. Uma lufada de vento varreu o deserto devastado em que eu estava, e uma senda virgem se abriu ante os meus olhos. Uma luz brilhou adiante, me guiando. Fui tomada por uma vontade irresistível de ir ao seu encontro e banhar-me em sua claridade. Soube naquele instante que eu recebia a bênção chamada de inspiração.

O rádio voltou do eletricista no dia 24 de abril, uma sexta-feira, dia do jogo contra os Dragons. Nós pusemos o rádio no centro da mesa e apuramos os ouvidos. Raiz girou o botão do sintonizador e começamos a ouvir a irradiação ao vivo da partida de beisebol por trás da estática. O som chegava debilmente, como se viesse de uma longa viagem, mas nem por isso deixava de ser uma transmissão ao vivo de uma partida de beisebol. Pela primeira vez desde que comecei a trabalhar ali, uma aragem vinda do mundo externo invadiu a edícula.

— Oh! — nós três deixamos escapar uma exclamação.

— Jamais imaginei que desse para ouvir uma partida de beisebol nesse rádio! — disse o Professor.

— Mas claro que dá! Nesse e em qualquer outro.

— Ganhei esse rádio do meu irmão, já faz muito tempo. Ele me recomendou que o usasse para aprender inglês. Pensei que só se prestasse para ouvir aulas de inglês.

— Então, nunca torceu pelos Tigers diante do rádio? — perguntou Raiz.

— É, bom... Como podem ver, não tenho televisão em casa. Para falar a verdade... — balbuciou o Professor — ... eu nunca assisti a uma partida de beisebol.

— Não acredito! — gritou Raiz com um espanto desmedido.

— Mas não me entendam mal. Eu conheço bem as regras do jogo — acrescentou o Professor para se defender, mas sem conseguir acalmar o menino.

— Como pode ser fã dos Tigers desse jeito?

— Ora, se posso. É um fã legítimo! No intervalo de almoço na universidade, eu ia sempre para a biblioteca ler o caderno de esportes dos jornais. Veja bem, não uma simples leitura. Nenhum esporte pode ser descrito por uma variedade tão grande de números como o beisebol. Eu analisava as médias de rebatidas e defesas dos jogadores dos Tigers. Imaginava o jogo inteiro na minha mente, percebendo cada variação de 0,001 ponto.

— E isso é divertido?

— Claro que é. Mesmo sem o auxílio do rádio, sei de memória a partida de 1967, quando o novato Enatsu obteve a primeira vitória de sua vida profissional, vencendo o Carp com dez *strikeouts*, assim como a de 1973, quando ele rebateu um *home run* no último momento que igualou o placar, e na prorrogação conseguiu fazer uma jogada perfeita. Tudo isso está gravado em detalhes.

Nesse momento, o locutor anunciou o primeiro arremessador, Kasai.

— E Enatsu, vai arremessar em que posição?

A essa pergunta, Raiz respondeu com toda a naturalidade, sem titubear nem apelar para o meu auxílio:

— Pela escalação, ele só vai entrar mais para a frente.

A maturidade do menino me surpreendeu. Nós havíamos combinado que jamais diríamos a verdade sobre Enatsu ao Professor. Mentiras, fossem elas de qualquer natureza, eram sempre penosas. Mentir ao Professor era pior ainda. Por mais que agíssemos por cuidado com seu problema, era difícil saber se estávamos realmente fazendo o melhor por ele.

Entretanto, a ideia de causar-lhe outra vez a mesma comoção era ainda mais insuportável.

— Deixa ele pensar que Enatsu está no banco, lá atrás, mamãe! Deixa ele acreditar que está praticando arremessos no *bull pen* — me dissera Raiz.

Raiz não tinha conhecido Enatsu como jogador ativo. Por isso, ele fora à biblioteca e, consultando os livros, reunira todas as informações que pôde encontrar sobre o jogador. No total, Enatsu participara de 206 vitórias e 158 derrotas; fizera 193 *saves* e 2987 *strikeouts*. Na primeira partida em que participou como profissional, fora escalado como segundo rebatedor e batera um *home run*. Tinha dedos curtos para um arremessador. Arrebatara o maior número de *strikeouts* de Sadaharu Oh, seu rival, mas, ao mesmo tempo, lhe cedera também o maior número de *home runs*. Mas nunca o atingiu com a bola. Em 1967, estabeleceu o recorde mundial de 401 *strikeouts* em uma temporada, e em 1975 (ano em que a memória do Professor parou) foi vendido ao Nankai, depois que a temporada chegou ao fim.

Talvez Raiz desejasse compartilhar tanto quanto possível as lembranças do Professor, para poder imaginar com maior clareza o atleta, em meio às aclamações do público transmitidas pelas ondas do rádio. Enquanto eu travava uma batalha cruel com a tal lição de casa, o menino lidara à sua maneira com o problema Enatsu. Folheando ao acaso o *Livro dos jogadores profissionais mais famosos* que Raiz emprestara da biblioteca, uma coisa saltou aos meus olhos. O número da camisa do uniforme de Enatsu era 28! Quando ele ingressou nos Tigers após graduar-se pela Universidade de Osaka, o time lhe ofereceu três números, 1, 13 e 28. Ele escolheu o 28. Enatsu jogava com um número perfeito nas costas da camisa!

Nesse mesmo dia, após o jantar, fizemos uma reunião para apresentar a solução da lição de casa. Eu e meu filho nos pusemos de pé com um caderno de desenho e um pincel atômico nas mãos, diante do Professor sentado à mesa de refeições, e o cumprimentamos com uma mesura.

— Bem, a lição que o Professor nos passou foi a seguinte: quanto dá se somarmos os números de 1 a 10 — começou meu filho, com uma seriedade não habitual.

Pigarreou uma vez e escreveu os números de 1 a 9 em linha horizontal no caderno de desenho que eu segurava, com o 10 à parte, como tínhamos combinado na noite anterior.

— Nós sabemos a resposta. É 55. Eu somei os números. Mas o Professor não se contentou com isso.

O Professor, de braços cruzados, nos ouvia com toda a seriedade, como se não quisesse perder uma só palavra do que dizíamos.

— Vamos pensar nos números até o 9. Por favor, esqueça o 10, por enquanto. O 5 está no meio de 1 a 9. Ou seja, o 5 é... é...

— Média — eu segredei ao menino.

— Isso, é a média. Não aprendi ainda na escola como se calcula uma média, e por isso mamãe me ensinou. Somando os números de 1 a 9 e dividindo por 9 chegamos a 5. Por isso, 5 × 9 = 45, esta é a soma de 1 a 9. Agora, é só recordar outra vez o 10, que havíamos esquecido.

5 × 9 + 10 = 55

Raiz firmou nos dedos o pincel atômico e escreveu essa expressão.

Durante algum tempo, o Professor permaneceu imóvel. Ainda de braços cruzados, em silêncio, ele olhava fixamente para a expressão.

No fim das contas, minha grande inspiração não passava de uma piada infantil para ele, pensei. Por mais que eu pressionasse este meu pobre cérebro, é claro que não conseguiria tirar dele grande coisa. Então, pensar que eu poderia alegrar um matemático com aquilo fora pura presunção, nada mais — então eu não sabia?

Mas, de repente, o Professor se ergueu e se pôs a bater palmas. Palmas fortes, calorosas, um aplauso que talvez nem alguém demonstrando o teorema de Fermat poderia receber. As palmas ressoavam por toda a edícula, e pareciam não cessar nunca.

— Maravilhoso! Mas que bela expressão! Maravilhoso, Raiz!

O Professor apertou meu filho em um forte abraço. O corpo do menino, esmagado entre seus braços, parecia reduzido à metade.

— Maravilhoso, sem tirar nem pôr! Nunca imaginei que uma fórmula como essa pudesse nascer das suas mãos...

— Está bem, Professor, já entendi... O senhor está me sufocando!

Porém sua voz, abafada pelo terno do Professor, não alcançava os ouvidos do mestre.

Ele não se cansava de elogiar. Queria a todo custo que aquele menino de cabeça chata, magro e franzino à sua frente compreendesse quão bela era a expressão que deduzira.

Vendo-o ganhar sozinho todos os louvores, eu murmurei para mim mesma que, na verdade, fora eu e não o menino quem deduzira a solução. Esquecida de que estivera até havia pouco tempo incerta e mal-humorada, eu me deixei tomar pelo orgulho. Olhei para o caderno de desenho e observei a expressão escrita por Raiz:

$$5 \times 9 + 10 = 55$$

Eu não estudara matemática como devia, mas de todo modo sabia que, neste caso, o melhor seria utilizar símbolos. A expressão pareceria mais refinada. Assim:

$$\frac{n(n-1)}{2} + n$$

Modéstia à parte, estava perfeita.

Como descrever a limpidez daquela solução a que eu chegara, tão contrastante com a situação de completo caos em que me perdera antes? Eu me sentia como se tivesse desenterrado uma pedra de cristal puro de uma gruta no deserto. Além de tudo, ninguém poderia achar defeito no cristal, ou negar sua existência. Eu compensava a falta de louvores do Professor enchendo a mim mesma de elogios e sorrindo à socapa.

O Professor libertou finalmente o menino.

Em resposta aos aplausos, nós nos curvamos diante dele agradecidos e orgulhosos, como autênticos matemáticos após uma apresentação acadêmica.

Nesse dia, os Tigers perderam dos Dragons por 3 a 2. Os Tigers tinham aberto o placar com uma rebatida de Wada, conquistando dois pontos, mas que de nada adiantaram, pois logo em seguida levaram uma sequência de *home runs* que virou o jogo, e acabaram perdendo.

4

Números primos eram o que o Professor mais amava neste mundo. Eu tinha um conhecimento genérico da existência desses números, mas jamais imaginei que pudessem ser objeto de amor de alguém. No entanto, não obstante o caráter insólito do objeto, o amor que o Professor lhes devotava era bem ortodoxo. Tratava-os com todo o carinho, com dedicação desinteressada, não esquecia o respeito, às vezes os acariciava, outras se ajoelhava, e nunca se distanciava deles.

Nas aulas que nos dava sobre números, em sua escrivaninha no gabinete ou sentados ao redor da mesa de refeição, creio que os números primos foram o assunto mais comum. No começo, era difícil entender o que poderia haver de tão atraente nesses números de aspecto turrão, divisíveis apenas por 1 e por eles mesmos. Contudo, conforme éramos arrastados pelo entusiasmo do Professor ao falar deles, foi se criando entre nós, pouco a pouco, certa afinidade. Os números primos começaram a surgir na minha alma como imagens palpáveis. Certamente essas imagens eram diferentes para cada um de nós, mas assim que o Professor falava uma palavra sobre números primos, já nos entreolhávamos com um sinal de cumplicidade. Da mesma forma como, por exemplo, o gosto da doçura surge na boca só ao falar em caramelos.

O cair da tarde era um momento precioso para nós três. Porque nessas horas o Professor começava a se descontrair da tensão do nosso primeiro encontro na manhã, e Raiz voltava da escola espalhando pela casa toda sua voz inocente. Talvez por isso, sempre que me recordo do Professor, seu semblante me surge iluminado pelo sol poente.

O Professor costumava repetir diversas vezes o que já dissera, também ao falar de números primos. Quanto a isso, nada podíamos fazer. Contudo, eu e meu filho nos prometemos reprimir severamente expressões como "nós já ouvimos isso", fosse qual fosse a circunstância. Era uma promessa para nós tão preciosa quanto a de mentir-lhe acerca de Enatsu. Por mais que já estivéssemos cansados de saber o que ele nos dizia, nós nos esforçávamos em ouvi-lo com toda a seriedade. Tínhamos, afinal, a obrigação de corresponder ao empenho dele em tratar a mim e ao meu filho, tão imaturos, como eruditos em teoria dos números. Mas, acima de tudo, não queríamos perturbar o Professor. Qualquer que fosse a causa, a perturbação lhe causava tristeza. Bastava permanecermos calados e o Professor não perceberia o que perdera em sua memória, e tudo se passaria como se ele nada tivesse perdido. Pensando assim, não nos custava nada guardar promessas como a de evitar dizer "já ouvimos isso".

A bem da verdade, era muito raro nos aborrecermos durante as nossas aulas de matemática. Pois, mesmo quando ele repetia o que já nos ensinara sobre números primos (a demonstração sobre estes serem infinitos ou não, como construir códigos baseados em números primos, números primos gigantescos, números primos gêmeos, números primos de Mersenne, etc.), variações sutis nas construções nos faziam, muitas vezes, perceber algum engano no nosso entendimento ou nos levavam a novas descobertas. A luz projetada sobre os números mudava de cor conforme as mudanças no clima ou no tom de voz do Professor.

A minha suposição é que o fascínio dos números primos decorre da inexistência de regras que expliquem quando eles ocorrem. Eles se espalham cada um por si, como querem, guardando a propriedade de serem números sem divisores. Sem dúvida, quanto maiores eles forem, mais difícil é encontrá-los, mas é impossível prever seu aparecimento com qualquer regra fixa. Esse era o capricho que havia seduzido o Professor, um obstinado perseguidor da beleza matemática perfeita.

— Vamos escrever os números primos até 100.

O Professor começou a enfileirar os números com o lápis de Raiz, abaixo da lição de casa do menino.

2, 3, 5, 7, 11, 13, 17, 19, 23, 29, 31, 37, 41, 43, 47, 53, 59, 61, 67, 71, 73, 79, 83, 89, 97.

Eu sempre me assombrava ao ver o Professor produzir números de memória, da ponta dos seus dedos. Esses dedos senis, propensos a tremer, incapazes sequer de apertar um botão do forno de micro-ondas, conseguiam pôr em marcha ordeira um batalhão infindável de números. Que mistério!

Também gostava do jeito como ele escrevia os números, com o lápis 4B. Por exemplo, seu 4 era bem arredondado, mais parecia um nó de fita, seu 5 descambava para a frente, prestes a cair tropeçando. Por certo, sua caligrafia não era regular, mas possuía certo requinte. Cada uma daquelas formas refletia a velha amizade do Professor pelos números, cultivada desde seu primeiro encontro com eles.

— Então, o que acharam?

Começar pelas perguntas abstratas era bem o estilo do Professor.

— Estão em desordem!

Quase sempre, Raiz era o primeiro a responder.
— Além disso, só o 2 é par.
Por algum motivo, ele era hábil em descobrir números diferentes do grupo.
— Exatamente. Entre os números primos, o 2 é o único número par. Ele é o camisa 1 do time dos números primos, o primeiro rebatedor, que lidera todos os demais.
— Será que ele não se sente sozinho?
— Não, não, não se preocupe! Se sentir, é só ele sair um pouco do mundo dos números primos e dar uma chegada no mundo dos números pares. Lá ele tem muitos companheiros.
— É curioso como existem alguns números primos ímpares em sequência, por exemplo, 17 e 19, 41 e 43 — eu também interpus, competindo com Raiz.
— Bela observação! São números primos gêmeos.
Eu me perguntava por que essas palavras tão corriqueiras assumiam um sabor romântico quando surgiam na matemática. Fossem "números amigos" ou "números primos gêmeos", esses nomes, além de precisos, me davam a impressão de terem escapado do verso de algum poema. Os números assim denominados despontavam com nitidez na minha imaginação, abraçando-se amigavelmente ou com as mãos dadas, vestindo roupinhas bem combinadas.
— O espaçamento entre números primos aumenta na medida em que crescem os números, então fica cada vez mais difícil encontrar números primos gêmeos. Não se sabe ainda se a quantidade deles é infinita, como é a dos números primos — disse o Professor, envolvendo em um círculo os números primos gêmeos.
Eu também achava curioso como o Professor utilizava com frequência e sem titubear a expressão "não se sabe". A falta de

conhecimento não era algo vergonhoso, mas uma placa informativa que apontava o rumo para se chegar a uma nova verdade. Para ele, apontar a existência de uma conjectura ainda intacta era tão importante quanto ensinar um teorema já demonstrado.

— A quantidade de números primos é infinita, não é? Então, muitos gêmeos devem nascer entre eles.

— Sim, a conjectura de Raiz é perfeitamente válida. Mas veja, quando o número passa de cem e chega à casa dos cem mil, um milhão, dez milhões e assim por diante, entramos então em um deserto, onde os números primos desaparecem por completo.

— Deserto?

— Sim. Nós não encontramos nele sombra alguma de números primos, por mais que caminhemos. O sol brilha inclemente, a garganta está ressequida, a visão se turva. De repente, ah, lá está um número primo! Corremos ao seu encontro, mas é apenas uma miragem. Estendemos a mão, mas tudo que colhemos é o vento abrasador. Mas não desistimos, seguimos com um passo após o outro, até que surja, além do horizonte, um oásis de águas límpidas, um número primo.

Os raios do sol poente se alongavam aos nossos pés. Raiz retraçava com o lápis os círculos ao redor dos números primos gêmeos. O vapor da panela elétrica de cozinhar arroz chegava flutuando desde a cozinha. O Professor olhava ao longe, para fora da janela, como se estivesse a perscrutar o horizonte do deserto. Mas ali não se via nada além de um pequeno jardim abandonado, esquecido por todos.

Em contraposição, o que o Professor mais detestava no mundo eram multidões. Assim, odiava sair de casa. Estações, trens elétricos, shoppings, cinemas, galerias comerciais

— qualquer lugar onde houvesse aglomeração era insuportável para ele. A imagem de uma multidão heterogênea de pessoas concentradas ao acaso, se chocando umas às outras num movimento desordenado, se opunha completamente ao seu senso de beleza matemática.

O Professor buscava sempre a tranquilidade. Isso não dependia, necessariamente, do silêncio. Por exemplo, ele não se incomodava se Raiz corresse de forma ruidosa pelo corredor ou aumentasse o volume do rádio. Pois a tranquilidade se achava em sua alma, aonde os ruídos do mundo exterior não chegavam.

Quando, tendo resolvido o problema do concurso de alguma revista de matemática e passado a resposta a limpo numa folha pautada, o Professor a relia antes de enviar pelo correio, costumava murmurar, satisfeito com a solução que encontrara:

— Ah, que tranquilidade!

O que ele sentia nessas horas não era alegria, nem alívio, mas paz. Tudo se encaixava no lugar correto, sem artifícios ou ajustes, como se lá estivesse desde tempos remotos, para assim continuar por toda a eternidade. O Professor amava isso.

Por conseguinte, para ele não havia elogio maior do que dizer que algo era tranquilo. Volta e meia, quando lhe dava na veneta, o Professor se sentava à mesa da cozinha e me observava enquanto eu preparava a comida. Ele ficava particularmente impressionado ao me ver preparando guioza. Eu estendia um disco de massa sobre a palma da mão, punha sobre ela o ingrediente, envolvia-o dobrando a massa com quatro pregas, e dispunha as trouxinhas em fila sobre uma travessa. Uma sequência de tarefas muito simples, mas ele não despregava os olhos até o último guioza. E observava com tamanha seriedade, soltando suspiros de admiração vez ou outra, que até chegava a achar graça e precisava me esforçar para conter o riso.

— Pronto, terminei.

Eu erguia a travessa repleta de guiozas disciplinadamente alinhados, e o Professor, com os braços cruzados sobre a mesa, assentia com a cabeça em aprovação e exclamava:

— Ah, mas que tranquilidade!

Mas, quando as coisas não podiam mais ser organizadas por um único teorema, quando elas deixavam de ser tranquilas, o Professor era tomado pelo terror. Eu pude constatar como ele se descontrolava nessas horas no dia 6 de maio, logo após um feriado prolongado. Nesse dia, Raiz se feriu com uma faca.

Quando cheguei à edícula na manhã depois do feriado prolongado, que se estendera de sábado a terça-feira, encontrei a pia do lavatório vazando e o corredor inundado. Tive de ligar imediatamente para o Departamento de Águas e chamar o encanador, e admito que tudo isso me deixou irritada. Além disso, quem sabe por causa da minha longa ausência, o jeito reservado do Professor demorava mais a desaparecer do que de costume. Eu apontava o lembrete no seu terno para me identificar, mas ele não reagia. Essa situação desconfortável prosseguiu até o cair da tarde. Mesmo que minha irritação possa ter afetado o Professor e isso tenha provocado o acidente do menino, o Professor certamente não tem culpa.

Raiz regressara da escola havia algum tempo quando me dei conta de que o azeite acabara. Saí para comprá-lo, mas honestamente, com uma ponta de preocupação em deixar o menino sozinho com o Professor. Por isso mesmo, sussurrei junto ao ouvido do menino antes de sair:

— Será que tudo bem?

— O quê? — foi sua brusca resposta.

Não me sentia muito tranquila, mas não sabia explicar por quê. Sexto sentido? Creio que não. Numa perspectiva mais concreta, eu me preocupava se o Professor poderia cumprir o papel de protetor de uma criança.

— Eu volto logo. Mas como esta é a primeira vez que deixo vocês sozinhos, fiquei pensando se tudo bem...

— Bobagem, bobagem!

Raiz nem me deu atenção e foi correndo para o gabinete do Professor, para fazer junto com ele seus deveres de casa.

Terminei as compras em vinte minutos e voltei. Porém, no instante em que abri a porta de entrada, percebi que havia algo fora do normal. O Professor estava largado sobre o chão da cozinha, abraçado ao menino, se lamentando entre soluços:

— Raiz... Raiz... ai, que desastre!

Estava tão alterado que nem conseguia explicar direito o que acontecera. Seus lábios tremiam, o suor escorria em sua testa e seus dentes batiam enquanto ele se esforçava para falar. Eu desenganchei os braços do Professor que envolviam com força o menino, e separei os dois.

Raiz não estava chorando. Ele permaneceu parado e dócil, como se rezasse para o Professor se acalmar logo, ou, quem sabe, por medo de que eu o repreendesse. Vi que as roupas de ambos estavam manchadas de sangue e percebi que ele escorria da mão esquerda do menino. Mas logo vi que o ferimento nada tinha de grave, e não justificava tamanha perturbação do Professor. O sangue já estava quase coagulado e, além disso, Raiz não se queixava de dor. Eu o levei pelo pulso até a pia da cozinha e lavei o ferimento. Dei-lhe depois uma toalha e ordenei que a mantivesse firme sobre a lesão.

Enquanto isso, o Professor continuava sentado no chão da cozinha, sem se mover, com os braços rígidos como se ainda agarrasse o menino. Antes de tratar do ferimento, pareceu-me mais urgente cuidar da recuperação do Professor.

— Não foi nada — eu lhe disse com toda a brandura, pousando a mão em suas costas.

— Como pôde acontecer uma coisa tão horrorosa... com esse menino, tão lindo, tão inteligente...

— É um cortezinho de nada. E, depois, os meninos vivem se machucando.

— Sou eu o culpado, não ele. Ele não quis me incomodar... por isso não me disse nada... suportou sozinho...

— Ora, ninguém é culpado de nada.

— Não, não! A culpa é minha! Eu quis estancar a hemorragia, por favor, acredite! Mas o sangue não parava... ele estava ficando pálido... podia parar de respirar a qualquer momento...

— Sossegue. Raiz está vivo. Veja como respira! — afaguei as costas do Professor enquanto falava. Eram surpreendentemente largas.

Resumindo os relatos incongruentes de ambos, concluí que, terminados os deveres de casa, Raiz descascou uma maçã para comer no lanche e acabou cortando a mão com a faca, entre o polegar e o indicador. O Professor insistia em dizer que fora ele quem quisera a maçã, e Raiz o contradizia, afirmando que ele a descascara por conta própria. De qualquer forma, o menino tentara resolver sozinho a situação, procurando em vão um esparadrapo. Ficou sem saber o que fazer, tentando lidar com o sangue que não parava.

Por infelicidade, os consultórios das cercanias haviam encerrado o expediente. Apenas em um consultório pediátrico do outro lado da estação alguém atendeu o telefone e se dispôs a nos receber. Daí em diante, o comportamento do Professor, que se erguera com meu auxílio e enxugara o rosto molhado, foi espantoso. Insistindo que suas pernas estavam boas e ignorando meus protestos, ele colocou meu filho nas costas e correu com ele até o consultório. Raiz era uma criança, mas já estava na idade escolar e pesava quase trinta quilos. Carregá-lo certamente não era uma tarefa fácil para alguém como o Professor, desacostumado a praticar exercícios físicos. Contudo, ele revelou um vigor surpreendente. Colocou meu filho naquelas mesmas costas que pouco tempo atrás eu afagara, segurou com firmeza suas pernas e correu sem parar, com seus sapatos de couro embolorados. Raiz afundou na cabeça seu boné dos Tigers, escondendo o rosto sob a aba, não porque estivesse com dor, mas por vergonha de ser visto naquela situação pelos transeuntes. Ao chegar ao consultório, o Professor bateu à porta com o desespero de quem conduz um ferido à beira da morte.

— Por favor, abram logo a porta! Há uma criança sofrendo! Venham socorrê-la, por favor!

Dois pontos bastaram para fechar o ferimento. Eu e o Professor nos sentamos no banco do corredor escuro para aguardar o exame que nos diria se o tendão fora ou não afetado. Era um consultório envelhecido e deprimente. O teto escuro, os chinelos sujos e pegajosos, os anúncios amarelados de comida para bebês e vacinas para crianças colados nas paredes, tudo contribuía para o desânimo. Só a luz escassa proveniente da sala de radiografias nos iluminava. Para um simples exame feito só por segurança, estava demorando.

— Sabe o que são números triangulares? — perguntou o Professor, apontando o símbolo triangular na porta da sala de radiografia, que sinaliza o risco de contaminação radiológica, ou coisa assim.

— Não sei... — respondi.

Se o Professor estava falando sobre números, era sinal de que, embora parecesse que a comoção inicial havia passado, sua alma continuava cheia de temores.

— São números muito elegantes.

Ele pegou na recepção uma folha de questionário e desenhou no verso pequenas bolinhas redondas, agrupadas em triângulos.

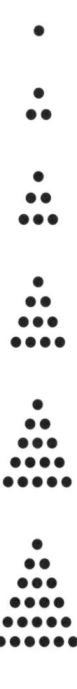

•

•
••

•
••
•••

•
••
•••
••••

•
••
•••
••••
•••••

•
••
•••
••••
•••••
••••••

— O que acha disto?

— Bem, vejamos... Me parece uma pilha de lenha, erguida por alguma pessoa muito meticulosa... Ou, quem sabe, grãos de feijão preto enfileirados...

— Pessoa meticulosa, eis aí um ponto importante. Um na primeira camada, dois na segunda, três na terceira... é um triângulo formado da maneira mais simples possível.

Eu espiei os triângulos. A mão do Professor estava um pouco trêmula. As bolinhas escuras se destacavam nitidamente na penumbra.

— Se formos agora contar a quantidade de bolinhas em cada triângulo, teremos 1, 3, 6, 10, 15, 21. Podemos exprimir isso de forma matemática assim:

1
1 + 2 = 3
1 + 2 + 3 = 6
1 + 2 + 3 + 4 = 10
1 + 2 + 3 + 4 + 5 = 15
1 + 2 + 3 + 4 + 5 + 6 = 21

Isto quer dizer que um número triangular, quer ele queira, quer não, sempre exprime a soma dos números naturais de 1 até algum outro. Se juntarmos dois desses triângulos, as coisas ficam ainda mais interessantes. Vamos experimentar, por exemplo, com o quarto número triangular, 10, porque é cansativo desenhar muitas bolinhas.

Embora não fizesse frio, a mão do Professor tremia cada vez mais, e as bolinhas começavam a ficar desalinhadas e tortas. Ele se esforçava ao máximo para concentrar a atenção na ponta do lápis. Os lembretes grudados no paletó estavam todos sujos de sangue e ilegíveis.

— Tudo bem? Preste atenção. Se juntarmos dois triângulos iguais ao quarto triângulo obtemos um retângulo com 4 bolinhas no sentido vertical e 5 no sentido horizontal. O número total de bolinhas do retângulo é 4 × 5 = 20. Entendeu? Se voltarmos a dividir as duas metades, teremos 20 ÷ 2 = 10, que é a soma dos números naturais de 1 a 4. Ou então, se considerarmos cada linha do retângulo, chegaremos ao seguinte:

$$\frac{\begin{array}{c}1\\+\\4\end{array}}{5} \quad \frac{\begin{array}{c}2\\+\\3\end{array}}{5} \quad \frac{\begin{array}{c}3\\+\\2\end{array}}{5} \quad \frac{\begin{array}{c}4\\+\\1\end{array}}{5}$$

— Usando isso, podemos encontrar facilmente o décimo número triangular, ou seja, a soma dos números naturais de 1 a 10, ou então o centésimo número triangular, ou qualquer outro.

No caso de 1 a 10, teremos:

$$\frac{10 \times 11}{2} = 55$$

— E se for de 1 a 100:

$$\frac{100 \times 101}{2} = 5\,050$$

— Se for de 1 a 1000:

$$\frac{1\,000 \times 1\,001}{2} = 500\,500$$

— Se for de 1 a 10 000...

Percebi que o Professor chorava. O lápis escorregou da sua mão e rolou junto aos seus pés. Era a primeira vez que eu o via chorando, sem dúvida, mas fui tomada pela sensação de já ter assistido a essa cena diversas vezes. Tive a impressão de que havia muito tempo eu me encontrava nessa situação, paralisada diante de soluços débeis, sem saber o que fazer. Pousei a minha mão sobre a dele.

— Entendeu? Assim encontramos as somas dos números naturais.

— Claro que entendi.

— É só enfileirar grãos de feijão preto em um triângulo. Nada mais que isso.

— Está certo.

— Você conseguiu mesmo entender o que lhe disse?

— Com certeza. Não se preocupe. E não chore mais. Veja como são bonitos os números triangulares...

Nesse instante, Raiz surgiu da sala de consulta.

— Olhe só. Não sinto nada — ele agitou com bravura a mão enfaixada.

Decidimos jantar fora, depois dessa inesperada confusão. Logo que saímos do consultório, percebemos que estávamos todos famintos. Procuramos o restaurante mais vazio da área comercial perto da estação, em consideração ao Professor, que detestava aglomerações, e jantamos *kare raisu*.[2] O prato não estava muito bom, como seria de esperar de um restaurante impopular como aquele. Entretanto, Raiz ficou feliz, pois era raro jantarmos fora de casa. Ele também estava contente porque a atadura era exagerada e desproporcional à gravidade do ferimento. Pelo jeito, se sentia como um herói honrosamente ferido.

---

2. Cozido de curry com arroz. [N.E.]

— Agora não vou ter que ajudar a lavar a louça, nem tomar banho! — declarou orgulhoso.

O Professor carregou Raiz nas costas também durante o caminho de volta. Talvez porque já era tarde da noite e havia poucos transeuntes, ou então por consideração aos sentimentos do Professor, que fazia questão de carregá-lo, Raiz não escondeu mais o rosto com a aba do boné, e se deixou carregar sem constrangimento. A luz da rua iluminava a alameda ladeada por plátanos, e a lua, que começava a minguar, pairava alto no céu. Soprava uma brisa noturna agradável, eu tinha a barriga cheia e a mão esquerda de Raiz estava fora de perigo. Que mais eu poderia querer? O som dos meus passos se misturava aos do Professor, os tênis nos pés de Raiz balançavam no ar.

Despedimo-nos do Professor e voltamos para casa. Chegando ao apartamento, meu filho ficou mal-humorado de repente. Seguiu direto para o seu quarto, ligou o rádio e não respondeu quando eu lhe disse para tirar a roupa suja de sangue.

— Os Tigers estão perdendo?

Sentado diante da escrivaninha, Raiz fitava o rádio de cara amarrada. O time adversário eram os Giants.

— Ah é, ontem também eles perderam, não foi?

Outra vez, não houve resposta. Terminada a primeira metade da nona entrada, o locutor anunciou que o placar continuava 2 a 2. Okita e Kuwata prosseguiam competindo lance por lance.

— Seu machucado está doendo?

O menino mordeu o lábio, sem desviar os olhos do rádio.

— Se estiver doendo, é melhor tomar o remédio que o médico lhe deu. Eu vou buscar água.

— Não precisa.

Finalmente, alguma resposta.

— Mas não é bom ficar aguentando a dor. Pode inflamar, e aí complica.

— Não precisa, eu já disse! Não está doendo!

Raiz crispou a mão esquerda enfaixada, socou a mesa duas ou três vezes e procurou esconder com o braço direito as lágrimas que ameaçavam cair. Estava claro que o motivo do seu mau humor não eram os Tigers.

— Que brutalidade é essa? Acabaram de dar os pontos! E se voltar a sangrar?

As lágrimas por fim rolaram pela sua face, indisfarçáveis. Tentei ver se as ataduras não estavam manchadas de sangue, mas ele me afastou com um repelão. A multidão comemorou no rádio. Pelo jeito, fora uma rebatida após dois *outs*.

— Você não gostou que a mamãe deixou você sozinho e saiu para as compras, é isso? Ou ficou chateado porque não conseguiu usar a faca direito? Ficou com vergonha de ter se machucado na frente do Professor?

Ele se calou novamente. Kameyama entrou como rebatedor.

"Os arremessos de Kuwata são potentes... ele conseguiu dois *strikeouts* seguidos... tentará agora uma bola direta?... Kuwata parte para o primeiro arremesso..."

A transmissão ao vivo do estádio Koshidan vinha entrecortada pelo clamor da multidão, mas nada disso parecia chegar aos ouvidos de Raiz. Sem fazer barulho nem se agitar, ele só derramava lágrimas.

Mas que noite! Assistir a dois homens chorando, no mesmo dia... pensei. Eu já vira Raiz chorando inúmeras vezes. Chorou por leite, chorou porque queria colo, chorou por manha, chorou quando sua avó morreu. Afinal, ele já viera ao mundo chorando.

Mas, desta vez, suas lágrimas eram diferentes de todas as outras. Elas brotavam de um lugar que eu não podia alcançar.

— Por acaso você está com raiva do Professor, por ele não ter cuidado direito de você?

— Não é isso! — Raiz me fitou olhando nos olhos e respondeu numa voz surpreendentemente calma para quem estivera chorando.

— É que você não confiou no Professor! Eu não te perdoo por ter achado, mesmo por um instante, que ele não conseguiria cuidar de mim!

Kameyama rebateu a segunda bola no meio da ala direita. Wada partiu da primeira base e pisou o *home plate*, marcando o ponto de despedida. O locutor ergueu a voz, e o grito da multidão nos envolveu.

No dia seguinte, reescrevemos, o Professor e eu, todos os lembretes.

— Por que será que estão manchados de sangue? — perguntou ele intrigado, examinando o próprio corpo.

— Foi Raiz, o meu filho, que cortou a mão com uma faca. Só um pequeno machucado.

— Seu filho? Isso não é bom. Pelo visto, o ferimento sangrou muito, não?

— Não foi nada. Graças ao senhor, não aconteceu nada de grave.

— É mesmo? Então, eu servi para alguma coisa?

— Claro que serviu. O senhor tanto fez que até estragou todos estes lembretes...

Eu fui despregando todos eles do seu terno, um por um. Estavam aninhados por todo seu corpo e não pareciam diminuir de quantidade por mais que eu os retirasse. A maioria dizia respeito à matemática e eram incompreensíveis para mim. Fora da matemática, havia muito pouca coisa de que o Professor precisava lembrar-se.

— O senhor não apenas salvou meu filho, mas ensinou-me também uma coisa muito importante na sala de espera do hospital.

— Uma coisa importante?

— Sim. Sobre os números triangulares. Ensinou-me a fórmula para obter a soma dos números naturais de 1 a 10, que eu nunca conseguiria descobrir sozinha. É uma fórmula sublime. Dá até vontade de fechar os olhos e rezar a ela... Bem, vamos começar por este aqui.

Eu lhe estendi o mais importante de todos os lembretes, aquele que dizia: "Minha memória não vai além de 80 minutos."

O Professor copiou esse lembrete em um novo pedaço de papel.

— "Minha memória não vai além de 80 minutos" — leu ele em voz baixa, quase inaudível.

5

Não sei se isto tem algo a ver com o talento inato do Professor para a matemática, mas ele tinha habilidades realmente intrigantes. Uma delas, por exemplo, a capacidade para inverter de pronto sentenças inteiras.

Certo dia, Raiz quebrava a cabeça em um dever de casa de língua japonesa em que ele precisava criar palíndromos.

— Para que isso? As frases, quando lidas de trás para diante, perdem sentido. Isso é natural. Quem neste mundo iria dizer coisas como *takeyabu yaketa*?[3] Para começar, eu nunca vi um bambuzal queimado por incêndio. Não é, Professor?

— *Oidnêcni rop odamieuq lazubmab mu iv acnun eu raçemoc arap* — murmurou o Professor.

— O que é isso, Professor?

— *Rosseforp ossi é euq o?*

— Ei, o que está acontecendo?

— *Odnecetnoca átse euq o ie?*

— Mamãe! Mamãe! O Professor ficou biruta! — afobado, Raiz me pediu socorro.

— Verdade, Raiz. Qualquer um fica biruta se começar a falar as frases de trás para diante — disse o Professor com a maior tranquilidade.

---

3. Traduzindo: "O bambuzal pegou fogo." Trata-se de um exemplo de *palíndromo* — lida de trás para diante, ela permanece invariável. No entanto, o palíndromo japonês é por sílabas, e não por letras. [N.T.]

Perguntei-lhe como conseguia uma proeza dessas, mas parece que nem ele mesmo sabia. Nunca treinara para isso e não fazia nenhum grande esforço, falava quase sem pensar. Assim, pelo visto, ele sempre acreditara que todas as pessoas possuíssem a mesma habilidade.

— Que absurdo! Eu, por exemplo, erro até ao tentar inverter uma palavra de três sílabas! Sua habilidade é especial, é digna de *Guinness Book*! Pode até aparecer na televisão!

— *Oãsivelet an recerapa éta edop!*

O Professor não pareceu nem um pouco lisonjeado. Ficou sem jeito, e acabou falando mais uma frase invertida. Via-se claramente que ele não precisava imaginar a frase escrita em sua mente para lê-la do avesso. O essencial era o ritmo. Seus ouvidos apanhavam o ritmo da frase como alguém com ouvido absoluto capta as notas. Depois disso, era muito fácil invertê-la.

— Por exemplo — explicou o Professor —, nas descobertas matemáticas, não é a fórmula que aparece, já pronta. O primeiro lampejo que atravessa a mente é a imagem matemática. Mesmo que ela tenha contornos abstratos, é uma imagem perfeitamente palpável. Talvez isso funcione do mesmo jeito.

— Posso fazer mais uns testes, hein, Professor?

Raiz já se esquecera do dever de casa, entusiasmado com a habilidade peculiar do velho homem.

— Então a primeira, vamos ver... "Hanshin Tigers"!

— *Sregit nihsnah.*

— Ginástica matinal!

— *Lanitam acitsánig.*

— Hoje o almoço é cozido de frango!

— *Ognarf ed odizoc é oçomla o ejoh.*

— Números amigos.

— *Sogima soremún.*
— Desenhei um tatu no jardim zoológico.
— *Ocigólooz midraj on utat mu iehnesed.*
— Yutaka Enatsu.
— *Ustane akatuy.*
— Puxa, falando ao contrário, Enatsu fica parecendo um arremessador fracote...

Raiz e eu nos alternávamos propondo testes. No começo, anotávamos em um caderno para ver se a resposta estava de fato correta, mas, como ele nunca errava, ficamos com preguiça e deixamos de fazê-lo. Mal acabávamos de fazer a pergunta e ele já sabia a resposta exata, de pronto.

— Que incrível! Isso é sensacional, Professor! O senhor devia se exibir mais! Não é justo saber fazer uma coisa dessas e não contar nem para nós!

— Exibir-me? Você está brincando! Acha que isso é motivo para se exibir? Só porque sei trocar Yutaka Enatsu por *Ustane akatuy*?

— É sim, claro que é! Fazendo isso o senhor pode surpreender as pessoas, deixar todo mundo animado e contente!

O Professor baixou a cabeça embaraçado, e disse em voz baixa:

— Obrigado.

Depois pousou a mão sobre a cabeça achatada do menino, que parecia feita para receber a palma da mão de alguém.

— Minha habilidade de nada serve para o mundo. Ninguém está interessado nela. Para mim, já é suficiente que você me elogie assim.

O palíndromo que o Professor criou para a lição de casa de Raiz foi "*reitou toire*", banheiro congelado.

A capacidade de descobrir a primeira estrela vespertina antes de qualquer pessoa era outra das habilidades do Professor. Não deve haver ninguém no mundo tão perceptivo quanto ele para encontrar a primeira estrela no céu que começa a escurecer.

— Oh!

Quando ainda era cedo demais para o anoitecer e o sol ainda brilhava no meio do céu, o Professor soltava uma pequena exclamação da sua espreguiçadeira. Eu não lhe dava atenção. Devia estar falando sozinho ou sonhando.

— Oh! — repetia ele do mesmo jeito, erguendo vacilante uma das mãos para apontar o céu além da janela de vidro.

— É a primeira estrela vespertina.

Ele não parecia estar falando para ninguém, mas, como apontava pela janela, eu interrompia o trabalho da cozinha e olhava nessa direção. Não via nada além do céu.

Devia ser alguma fantasia matemática, era o que dizia a mim mesma. O Professor me respondia, como se pudesse me ouvir:

— Olhe, bem ali!

Seu dedo indicador era todo enrugado, com as cutículas descamando e a unha suja. Eu piscava e forçava a vista, porém nada via além de algumas nuvens.

— Não é um pouco cedo ainda para as estrelas surgirem? — perguntava timidamente.

— A noite está despontando, porque já surgiu a primeira estrela — sem me dar atenção, ele dizia o que queria falar, depois abaixava a mão erguida e cochilava de novo.

Não fazia a mínima ideia do que lhe valia apontar a primeira estrela vespertina. Talvez isso relaxasse seu espírito estressado, ou talvez fosse apenas uma mania. Não entendia por que ele, que nem reparava muito bem quantos pratos havia na mesa diante de si nas refeições, era capaz de descobrir tão depressa a primeira estrela no céu.

Seja como for, ele apontava com o dedo esquálido um ponto da amplitude dos céus. E concedia a esse ponto, que ninguém senão ele conseguia distinguir, uma importância única e ímpar.

Raiz se recuperou sem nenhuma dificuldade do ferimento, mas não do mau humor. Quando estávamos com o Professor, ele agia da mesma forma inocente de sempre. Porém, voltava a emburrar tão logo ficasse a sós comigo, respondendo tudo de má vontade. As ataduras perderam a alvura brilhante dos primeiros dias e já estavam encardidas.

— Me desculpe — sentei-me diante dele e me curvei. — Estava errada. Desconfiar do Professor, ainda que por um instante, foi vergonhoso. Reconheço e peço desculpas.

Pensei que Raiz fosse ignorar-me por completo. No entanto, para minha surpresa, ele me olhou docilmente, aprumou a postura, e disse cabisbaixo, remexendo o nó da atadura:

— Está bem, entendi. Vamos fazer as pazes. Mas eu nunca vou me esquecer do dia em que me machuquei, viu?

Dito isso, apertamos as mãos.

O ferimento não levou mais que dois pontos, mas a cicatriz permaneceu por longo tempo, mesmo depois que Raiz cresceu. Permaneceu gravada entre o polegar e o indicador, como se testemunhasse a enorme aflição que causara ao Professor, ou talvez como prova de que o Professor estava eternamente em sua lembrança, conforme prometera.

***

Certo dia, quando arrumava a estante de livros no gabinete do Professor, deparei-me com uma lata de bolachas meio esmagada debaixo de uma montanha de livros de matemática.

Eu abri com cuidado a tampa meio enferrujada. Suspeitava encontrar uma profusão de bolachas emboloradas, mas, para minha surpresa, o que achei lá dentro foram cartões de beisebol.

Mais de cem cartões, com certeza. Eles atulhavam a lata quadrada de quarenta centímetros sem deixar o mínimo espaço, tanto que era difícil introduzir um dedo para extrair um deles.

Era claro que se tratava de uma coleção preciosamente guardada pelo dono. Os cartões estavam cada um em um envelope de plástico transparente, sem nenhuma marca de dedo, sem cantos dobrados ou puídos. Não se via um único cartão invertido. Estavam classificados de acordo com as posições, em seções separadas por divisórias de papelão grosso marcadas "Arremessador", "*Second*", "*Left*", e assim por diante, em letras escritas à mão. Em cada categoria, os cartões com nomes de jogadores estavam dispostos em ordem alfabética. Eram todos, sem exceção, dos Tigers. Qualquer cartão retirado do arquivo parecia novo em folha. O mais diligente arquivista de biblioteca teria encontrado dificuldade em organizar um acervo de cartões tão completo como aquele.

Entretanto, muito embora os cartões estivessem novos, seu conteúdo estava sem dúvida ultrapassado. As fotografias eram na maior parte monocromáticas. "Yoshio Yoshida – o Ushiwakamaru[4] moderno", "Minoru Murayama –

---

4. Lendário herói japonês, este general que viveu no século XII é famoso na história do Japão; conhecido como Minamoto no Yoshitsune. [N.T.]

o arremessador Zátopek[5]", eram referências que eu ainda conhecia. Já outras, como "Tadashi Wakabayashi – a bola mágica de sete cores" e "Masaru Kageura – o sensacional", me eram completamente desconhecidas.

Yutaka Enatsu era o único a receber tratamento diferenciado. Havia sido criada uma seção especial para ele, à parte da dos arremessadores, sua posição. Estava marcada por uma divisória de papelão com seu nome. Os envelopes usados nessa categoria não eram iguais aos dos outros, de vinil, mas de plástico mais resistente. Percebia-se a intenção de salvar o conteúdo de quaisquer contaminação do mundo exterior. Manchas de dedos ou quaisquer outras espécies de sujeira jamais conseguiriam macular o que havia ali.

Muitos eram os cartões com o nome de Enatsu. As fotografias mostravam-no magro e vigoroso, vestindo sempre, é claro, o uniforme dos Tigers. Não havia sombra do barrigudo que eu conhecia.

Nascido em 15/5/1948, na província de Nara; arremessador canhoto e rebatedor canhoto; 179 centímetros de altura, 90 quilos; recrutado no Colégio Osaka Gakuin para os Tigers em 1967, em primeiro lugar; no ano seguinte, bate o recorde de 382 *strikeouts* em uma temporada, pertencente a Sandy Koufax dos Dodgers, da Major League americana, estabelecendo novo recorde mundial de 401 *strikeouts*. Em 1971, durante o torneio *All-Star*, realiza nove *strikeouts* seguidos (oito deles sem o rebatedor tocar a bola). Em 1973, um *no-hitter*.[6] Arremessador canhoto genial, sem paralelo;

---

5. Referência a Emil Zátopek, corredor checoslovaco campeão olímpico, muito famoso na década de 1950. [N.E.]

6. Situação em que o arremessador não permite uma única rebatida ao adversário. [N.E.]

um *southpaw* solitário, de braço vigoroso... O perfil e as realizações vinham registrados no verso dos cartões em letras miúdas. Enatsu com a luva pousada sobre o joelho, observando atentamente os sinais do *catcher*. Enatsu no momento exato do arremesso. Enatsu lançando o braço esquerdo para baixo, com os olhos fixos na luva do *catcher*. Enatsu ereto sobre o *mound*. No seu uniforme, está costurado um número perfeito, 28.

Eu devolvi os cartões aos seus lugares e fechei a tampa da lata com o mesmo cuidado que tive quando a abri.

Do fundo da estante, surgiu além da lata uma pilha empoeirada de cadernos. Pela aparência desbotada das folhas e das anotações, os cadernos eram tão velhos quanto os cartões de beisebol. O barbante que amarrava a pilha de cerca de trinta cadernos não resistira ao peso dos livros e dos anos e se afrouxara. As capas estavam empenadas.

Página após página, o que encontrei foram apenas caracteres alfanuméricos e símbolos. Estranhas figuras geométricas surgiam de repente, assim como curvas distorcidas e até gráficos. Logo percebi que eram anotações feitas pelo Professor. Os traços revelavam mocidade e vigor, mas o número 4 não deixava de parecer nó de fita quase desatado, e o 5 cambaleava, como se tropeçasse.

Eu sabia muito bem que bisbilhotar secretamente as coisas do empregador, quaisquer que fossem, é o mais vergonhoso dos atos de uma empregada doméstica. Entretanto, se não pude resistir à tentação de abrir os cadernos, foi por achá-los belos demais. As expressões matemáticas se estendiam à vontade pelas páginas, em todas as direções, sem respeitar as linhas de pauta, se juntavam adiante para logo se dividirem outra vez. Setas, $\sqrt{}$, $\sum$ e muitos outros símbolos se espalhavam por todos os lados. Havia borrões aqui e ali, e também áreas carcomidas por insetos, mas mesmo assim as páginas continuavam belas.

Naturalmente, eu não entendia nada do que estava escrito. Não podia comungar com o Professor sequer um fragmento dos segredos escondidos naquelas páginas. Ainda assim, tive vontade de ficar ali contemplando-as para sempre.

Estariam naqueles cadernos as demonstrações das conjecturas de Artin, sobre as quais o Professor me falara tempos antes? Com certeza, eles deviam conter considerações sobre os números primos, os favoritos do Professor. Ou seriam, quem sabe, os rascunhos da tese que ganhara o Prêmio número 284 do Reitor?... De qualquer forma, colhi a meu modo diversas impressões de tudo que vira: a paixão dos rabiscos do lápis, a impaciência das deleções marcadas com X, a segurança dos sublinhados feitos com vigorosos traços duplos. E as fórmulas matemáticas que abundavam as páginas dos cadernos me transportavam ao fim do mundo.

Observando com maior atenção, reparei que havia nos cantos das páginas diversas anotações apressadas, inteligíveis até para mim.

"Necessário examinar melhor as definições da solução."
"Defeito no caso semiestável."
"Nova abordagem, inútil."
"Dará tempo?"
"14h, com N em frente à biblioteca."

Todas elas vinham rabiscadas, quase enterradas entre as expressões matemáticas. No entanto, irradiavam energia muitas vezes maior que os lembretes pregados no terno. Eu via nelas um Professor inteiramente desconhecido, engajado em uma batalha difícil.

O que teria acontecido em frente à biblioteca, às duas horas da tarde? Quem seria esse N? Não pude deixar de rezar em minha alma que esse encontro tivesse sido feliz para o Professor.

Alisando as páginas, fui sentindo na ponta dos dedos as expressões matemáticas que ele escrevera. Elas formavam uma longa corrente, que alcançava meus pés. Aos poucos, eu me integrava a ela. Tudo ao meu redor se desvanecia. Não havia luz. Nenhum som me alcançava. Mas não tinha medo, pois confiava na exatidão, eterna e incorruptível, dos sinais com que o Professor indicara o caminho.

Sentia, maravilhada, que um mundo mais profundo sustentava o terreno onde pisava. Outro meio não há para atingir esse mundo senão seguir pela corrente. As palavras não tinham mais sentido. De repente, já não sabia se estava avançando para as profundezas, ou buscando as alturas. Minha única certeza era que, no extremo daquela corrente, encontraria a verdade.

Virei por fim a última página do último caderno. Imediatamente, a corrente se desfez e me vi abandonada em meio à escuridão. Talvez faltassem apenas alguns passos para o meu destino, mas agora, por mais que apurasse o olhar, já não vislumbrava nenhum número onde apoiar meus pés para seguir adiante...

— Por favor, senhora — a voz do Professor chegou desde o lavatório. — Desculpe incomodá-la, mas...

— Sim, já vou.

Guardei tudo em seu lugar e respondi alegremente.

Em maio, no dia do pagamento, comprei três bilhetes para uma partida dos Tigers. Seria no dia 2 de junho, contra o Hiroshima. Os Tigers só vinham até a nossa cidade duas vezes por ano, quando muito. Se perdêssemos essa chance, não teríamos outra tão cedo.

Até então, eu nunca levara Raiz a um jogo de beisebol. Pensando bem, ele não havia posto os pés sequer em cinemas ou museus. Só uma vez fomos ao zoológico com a avó. Economizar dinheiro fora minha única preocupação desde que ele nascera, e assim nem tive oportunidade de me divertir com meu filho nas horas de lazer.

Mas, quando descobri a lata de bolachas cheia de cartões de beisebol, ocorreu-me de repente que não me causaria mal algum levar a um jogo de beisebol, só por um dia, um velhinho gravemente enfermo que vivia explorando o universo dos números o tempo todo, e um menino que, desde que dera por si, passara as noites todas apenas esperando pelo retorno da mãe.

Honestamente, o custo de três assentos numerados na arquibancada do campo interno era pesado para mim. Ainda mais por ter sido próximo dos gastos com o tratamento do ferimento de Raiz. O dinheiro, porém, sempre pode ser recuperado no futuro. Mas, quanto tempo restaria ainda ao velhinho e ao menino para, juntos, se divertirem assistindo a uma partida de beisebol? Mais que tudo, eu queria que o Professor visse ao vivo as figuras em uniformes listrados molhados de suor, as bolas dos *home runs* sendo tragadas pelo clamor da multidão de torcedores, o *mound* retalhado pelas travas dos sapatos — coisas que ele só pudera imaginar vendo seus cartões. Assim, eu proporcionaria ao Professor um benefício muito além do que o meu serviço de empregada doméstica poderia lhe oferecer. Mesmo que Enatsu não estivesse lá.

A ideia me pareceu maravilhosa, mas, para minha surpresa, Raiz não ficou animado.

— Acho que ele não vai querer... — balbuciou. — Ele não gosta de lugares barulhentos.

Uma avaliação correta. Mesmo para levá-lo ao barbeiro fora difícil, e o estádio de beisebol nada tinha da tranquilidade tão apreciada por ele.

— E, além disso, como vamos fazer ele prometer que vai com a gente? Ele não consegue se preparar psicologicamente...

O menino mostrava um discernimento espantoso nas suas opiniões sobre o Professor.

— É mesmo, se preparar psicologicamente...

— Ele não consegue planejar, então tudo acontece de repente para ele. Por isso, ele fica muito mais estressado que nós, todos os dias. Se um grande evento como esse surgir de uma hora para outra em sua vida, ele vai morrer com o susto.

— Será? Ah, já sei! Podíamos pregar um lembrete em seu terno, o que acha disso?

— Acho que não ia ajudar muito... — Raiz balançou a cabeça. — Já viu aqueles lembretes servirem para alguma coisa, hein?

— Bem... mas todas as manhãs ele parece consultar a caricatura pregada na manga, para se certificar de quem eu sou.

— Aquela caricatura? Parece um desenho de criança de jardim de infância! Nem dá para saber se sou eu ou você quem está lá...

— Ele é bom com os números, mas acho que desenhar não é o seu forte...

— Quando vejo o Professor pregar lembretes no corpo, escritos com aquele toco de lápis, me dá vontade de chorar.

— Por quê?

— Porque ele parece tão triste... — disse Raiz visivelmente aborrecido. Sem saber como responder, eu só balancei a cabeça.

— E tem mais um problema — disse Raiz, mudando o tom da voz e erguendo o indicador. — Nenhum dos jogadores que o Professor conhece daqueles tempos estará jogando. Todos eles estão aposentados.

Meu filho tinha razão em tudo o que dizia. O Professor ia ficar confuso e desapontado se não aparecesse nenhum dos jogadores da época em que ele colecionava os cartões. Até o estilo do uniforme havia mudado. O estádio de beisebol não era silencioso como um teorema de matemática. Havia gente embriagada e vaias. Sim, as preocupações de Raiz eram todas corretas.

— Sim, entendi. Tem razão em tudo o que você disse. Mas eu já comprei três bilhetes. Não comprei só um para o Professor, tem para você também, olha. Vamos deixar um pouco de lado o problema do Professor, se ele irá ou não, e quero que me diga só o que você acha. Quer ir assistir ao jogo dos Tigers?

Raiz permaneceu um instante cabisbaixo e quieto. Talvez estivesse tentando fazer pose, mas não se conteve por muito tempo e explodiu de alegria, pulando ao meu redor.

— Eu quero! Quero ver esse jogo de qualquer jeito! Eu vou! Vou mesmo!

O menino pulou sem parar, e por fim abraçou meu pescoço e disse:

— Obrigado, mamãe!

Dois de junho. O tempo, que tanto nos preocupara, estava lindo. Nós partimos no ônibus das 16h50.

Ainda faltava muito até o cair da noite, e o céu ainda estava claro. Notamos que algumas das pessoas no interior do ônibus se dirigiam como nós ao estádio.

Raiz segurava uma corneta de plástico emprestada de um amigo. Trazia à cabeça, naturalmente, o boné dos Tigers e me perguntava quase de dez em dez minutos se eu não esquecera os bilhetes. Eu carregava em uma das mãos uma cesta contendo sanduíches e na outra uma garrafa de chá-preto. Mas as frequentes perguntas do menino acerca dos bilhetes me deixavam insegura e eu me via enfiando a mão no bolso da saia para me certificar se de fato eles estavam ali.

O Professor estava no seu estilo de sempre: o terno cheio de lembretes, o sapato embolorado e um lápis no bolso da lapela. Assim como fizera na barbearia, agarrou firmemente os apoios de braço do assento até o ônibus estacionar na praça do estádio.

Eu levantara o assunto do jogo de beisebol com o Professor oitenta minutos antes da partida do ônibus, ou seja, às 15h30. Nessa hora, Raiz já regressara do colégio. Assim, eu e ele iniciamos a conversa procurando criar, tanto quanto possível, um clima natural. O Professor pareceu não entender bem, no começo, o nosso intento. Por incrível que pareça, ele não sabia que os jogos de beisebol eram disputados em estádios espalhados pelo país inteiro, e que qualquer pessoa poderia assisti-los se assim desejasse, bastando para tanto pagar pelo ingresso. Pensando bem, não era de espantar, já que até bem pouco ele nem sequer sabia das transmissões diretas dos jogos pelo rádio.

— E vocês querem que eu vá para esse lugar? — o Professor ficou pensativo.

— Não estamos, é claro, mandando que vá. Estamos apenas convidando-o a vir conosco.

— Hum... Ao estádio de beisebol... Em um ônibus...

Pensar era o que o Professor mais sabia fazer. Se o deixássemos à vontade nisso, ele poderia continuar pensando pachorrentamente até o término do jogo.

— Vou poder ver Enatsu?

Essa pergunta crucial nos confundiu por um momento, mas Raiz respondeu conforme havíamos combinado de antemão:

— Infelizmente, ele participou do jogo contra os Giants ano retrasado, e não entra hoje. Desculpe, Professor!

— Ora, você não me deve desculpas por isso. Bem, é de fato uma infelicidade. Mas ele venceu?

— Venceu, sim. Foi a sétima vitória da temporada.

Em 1992, a camisa 28 era de Yoshihiro Nakada, mas ele machucara o ombro e, assim, participava pouco dos jogos. Era difícil saber se a ausência do jogador com a camisa 28 na partida desse dia era uma sorte ou um azar. Se Nakada não atuasse nesse dia, a ausência da camisa 28 na posição de arremessador poderia lhe causar estranheza. Mas ele poderia ver Nakada exercitando-se no *bull pen*. A distância, talvez fosse possível iludir os olhos de um velhinho como ele, que nunca vira Enatsu em ação e, portanto, não conhecia sua figura. Todavia, se Nakada subisse ao *mound*, não seria mais possível enganá-lo. Nakada era um lançador destro, ao contrário de Enatsu. Nesse caso, o abalo do Professor seria incalculável. Talvez fosse preferível, então, que a camisa 28 não aparecesse desde o início.

— Venha, por favor! Com o senhor, vai ser mais legal!

Esse foi o argumento decisivo que convenceu o Professor. Ele concordou finalmente em sair.

Descendo do ônibus, o Professor agarrou a mão de Raiz em lugar do braço do assento. Os dois não disseram quase nada enquanto cruzávamos a praça em direção ao estádio e caminhávamos pelos corredores de concreto empurrados pela multidão. Ambos esqueceram as palavras e apenas olhavam de um lado a outro com os olhos arregalados: o Professor, assustado por ter sido conduzido a um ambiente tão diverso daquele do seu dia a dia, e Raiz, excitado por estar prestes a assistir à sonhada partida dos Tigers.

— Tudo bem? — eu perguntava de vez em quando ao Professor, mas ele se limitava a assentir com a cabeça, apertando com mais força a mão do menino.

Não pudemos reprimir uma exclamação ao chegar ao topo da escadaria que nos conduzia aos nossos assentos numerados ao lado do quadrilátero, próximos da terceira base. No horizonte que se abriu de repente diante de nós, estendia-se o campo de beisebol, de terra escura e macia, com as bases ainda imaculadas, as linhas alvas que se estendiam e a relva bem cuidada. O céu, tinto de leve nas cores da tarde, parecia ao alcance das nossas mãos, de tão próximo. A iluminação se acendeu nesse exato momento, como se estivesse à nossa espera. O estádio, todo iluminado, parecia uma nave espacial descida do céu.

Teria o Professor apreciado realmente a partida entre Hiroshima e Tigers naquele 2 de junho? Nos anos seguintes, meu filho e eu conversamos diversas vezes sobre aquele dia tão especial. Contudo, nunca pudemos ter certeza de que o Professor tivesse gostado, do fundo da alma, do espetáculo do verdadeiro beisebol. Muitas vezes nos perguntamos, arrependidos, se tudo não havia passado de uma intromissão desnecessária, e havíamos apenas causado estresse a um doente bonzinho.

Contudo, as breves cenas que apreciamos com o Professor permaneceram sempre renovadas em nossa memória, até mais nítidas com o passar do tempo, aquecendo nossos sentimentos. As cadeiras desconfortáveis, com o encosto rachado, o homem que se agarrara às grades chamando por Kameyama do início até o fim do jogo, a mostarda forte demais no sanduíche de patê de ovos, as luzes do avião que cruzara o céu sobre o estádio como um cometa... Não nos cansávamos de relembrar, com saudade, de cada um desses detalhes. Quando falávamos dessas recordações do estádio de beisebol, chegávamos até a sentir a presença do Professor bem ali entre nós.

A nossa lembrança preferida era o episódio em que o Professor se apaixonara por uma vendedora. No final da segunda entrada, Raiz, que liquidara rapidamente todos os sanduíches, disse que queria tomar um suco. Ergui a mão para chamar uma vendedora, mas o Professor me impediu com um curto "Não!" De nada adiantou perguntar por quê, pois ele não respondia. Quando quis abordar uma segunda vendedora que passava, ele me impediu outra vez repetindo do mesmo jeito: "Não!" Acreditei, pela severidade da negativa, que ele achava que o suco faria mal à saúde de Raiz.

— Tome o chá-preto que eu trouxe de casa.
— É amargo, não quero!
— Está bem. Então vou comprar leite no quiosque.
— Ah não, eu não sou bebê! Além do mais, onde já se viu vender leite num estádio de beisebol? O certo, num jogo desses, é tomar suco nesses copos grandes de papel, de uma vez só.

Pelo jeito, ele tinha seus motivos. Não tive outro recurso senão pedir ao Professor:

— O senhor não poderia deixar ele tomar só um copo?

Sem perder a expressão de grande seriedade, ele segredou junto ao meu ouvido:

— Se for comprar suco, compre daquela menina.

O Professor apontou para uma vendedora que vinha subindo pela rampa do outro lado.

— Mas por quê? Todas estão vendendo a mesma coisa...

Ele não queria me explicar por quê, por mais que eu perguntasse. Mas, ante a insistência de meu filho, que não suportava mais a sede, acabou confessando:

— É porque ela é a mais bonita.

A avaliação do Professor não estava errada. Olhando rapidamente ao redor, vi que de fato ela era a mais formosa, e distribuía o sorriso mais encantador dentre todas as vendedoras.

Entretanto, ficamos tão preocupados em não perder a oportunidade de chamar a menina, que acabamos prestando mais atenção às arquibancadas que ao campo, e não pudemos nos concentrar na segunda metade da terceira entrada, quando os Tigers conseguiram salvar quatro rebatidas e aumentar sua vantagem.

Quando finalmente a menina preferida chegou ao corredor logo abaixo de nós, o Professor ergueu a mão com vivacidade e comprou um suco para Raiz. O sorriso da menina não se anuviou um instante sequer, mesmo ao ver a mão do Professor tremer enquanto ele lhe estendia as moedas, e ao notar seu corpo coberto de lembretes. Só Raiz ficou reclamando, sem entender, por que o Professor se mostrava tão confuso para comprar um simples suco. Mas recuperou o bom humor de imediato quando ele passou a lhe comprar pipocas, sorvetes e até um segundo copo de suco, sem que pedisse, todas as vezes que a menina chegava perto.

O Professor mostrara um lado inesperado de sua personalidade, mas não deixava de ser um matemático. As primeiras palavras proferidas por ele ao observar o campo foram:

— O quadrilátero tem 27,43 metros de lado.

E, ao perceber que o número da sua cadeira e do menino eram 7-14 e 7-15, começou a falar desses números, esquecendo-se até de sentar na cadeira.

— Setecentos e catorze foi o recorde de *home runs* estabelecido por Babe Ruth em 1935. Em 8 de abril de 1974, Hank Aaron quebrou esse recorde, batendo seu 715º *home run* com um lançamento do Al Downig, dos Dodgers.

O produto de 714 por 715 é igual ao produto dos sete primeiros números primos:

$$714 \times 715 = 2 \times 3 \times 5 \times 7 \times 11 \times 13 \times 17 = 510510$$

As somas dos fatores primos de 714 e de 715 são iguais:

$$714 = 2 \times 3 \times 7 \times 17$$
$$715 = 5 \times 11 \times 13$$
$$2 + 3 + 7 + 17 = 5 + 11 + 13 = 29$$

Pares de números inteiros consecutivos com essas características são bastante raros. Existem apenas 26 pares como esse abaixo de 20 000. São chamados de pares Ruth-Aaron. Conforme os números vão crescendo, a densidade desses pares fica cada vez mais rala, como acontece com os números primos. O menor par é o 5 e 6. É muito difícil demonstrar se existe uma quantidade infinita deles ou não. Mas, antes de tudo, devo me sentar na cadeira 7-14 e você, Raiz, na 7-15. Nunca ao contrário. O recorde antigo deve ser quebrado pelos mais novos. Essa é a lei. Concorda?

— Concordo, concordo, mas olhe lá, é Shinjo!

Raiz, sempre atento às lições do Professor, naquele momento estava distraído, e pouco lhe importava o número da sua cadeira.

Mas, de qualquer forma, mesmo durante o jogo o Professor puxava seu assunto predileto — os números — à primeira oportunidade. Com certeza, devia estar bastante nervoso. Sua voz se elevava aos poucos para vencer a agitação ambiente, e nós três nos destacávamos do grupo de torcedores dos Tigers ao nosso redor. Quando Nakagomi, o primeiro arremessador anunciado, se dirigiu ao *mound* sob aclamações, o Professor disse:

— O *mound* tem a altura de 10 polegadas, ou 24,4 centímetros. E tem uma inclinação de uma polegada por pé, até a distância de 6 pés, em direção ao *home plate*.

E, ao perceber que todos os rebatedores do Hiroshima, do primeiro ao sétimo, eram canhotos:

— Conforme os registros, a probabilidade de uma rebatida de canhoto contra canhoto é de 0,2568, e de destro contra destro é de 0,2649.

E, quando todos amargavam uma base roubada por Nishida, do Hiroshima:

— O intervalo entre o movimento do arremessador e o lançamento da bola é de 0,8 segundo. O tempo de a bola atingir a luva do *catcher*, num caso de bola em curva como este, é de 0,6 segundo. Temos até aqui 1,4 segundo. A distância que um *runner* deve correr, descontado o avanço conquistado no início, é de 24 metros. A corrida de 50 metros do *runner*... para chegar à segunda base... Assim, o tempo que o *catcher* dispõe para matar o *runner* é de 1,9 segundo.

E assim por diante.

O que nos salvou foi termos à esquerda um grupo que se manteve em sábia indiferença o tempo todo, e à direita um senhor que interpunha observações bastante apropriadas, contribuindo para a harmonia do ambiente.

— O senhor é mais experiente que muitos comentaristas, hein?

— Daria até um bom anotador de recordes!

— Bem que poderia calcular um número mágico para a vitória dos Tigers!

Não acredito que ele estivesse acompanhando os cálculos do Professor para chegar aos números, mas, entre os berros que lançava contra os jogadores do Hiroshima, ouvia com atenção as suas análises. Graças a esse cavalheiro, o Professor talvez tenha conseguido transmitir um pouco ao público em volta a impressão de que os seus cálculos estavam bem fundamentados, e não se tratava de simples conjecturas. Além disso, o cavalheiro até repartiu conosco seus amendoins com casca.

Os Tigers inauguraram o placar da partida logo na segunda metade da primeira entrada, com rebatidas de Wada e Hisashige, e aumentaram a vantagem com mais quatro pontos na segunda, salvando cinco rebatidas. O tempo ficava mais fresco com a chegada da noite. Enquanto eu me ocupava vestindo um casaco no meu filho, estendendo uma manta para proteger os joelhos do Professor do frio, ou enxugando as mãos no lenço, os números no placar cresciam o tempo todo, a ponto de me deixar atônita. Raiz tocava sua corneta, louco de alegria, e o Professor, com o sanduíche em uma das mãos, batia palmas desajeitadas.

Ele assistia atentamente ao jogo. A cada mínimo movimento da bola, exclamava, assentia e franzia o cenho. Espiava vez ou outra o lanche das pessoas sentadas à frente e erguia o olhar para contemplar a lua que surgira por trás dos ramos de um álamo.

A arquibancada dos Tigers, próxima à terceira base, chamava mais atenção do que a do Hiroshima. A cor amarela ocupava uma área maior e estava mais animada. Na verdade, o andamento do jogo não dava espaço à animação aos torcedores de Hiroshima, pois Nakagomi não lhes concedia a mínima chance.

Os gritos reverberavam a cada *strike* de Nakagomi. Quando os Tigers conquistavam um ponto, então, a animação explodia envolvendo o estádio inteiro no tumulto. Era a primeira vez que eu via uma multidão daquele tamanho unida pela alegria. Até o Professor, que para mim só tinha duas expressões — a de quando estava pensando, e a de quando ficava irritado por eu perturbar enquanto pensava —, estava contente. Ainda que ele se expressasse de forma mais contida, não havia dúvida de que participava efetivamente daquele turbilhão de sentimentos.

Mas, de todos os torcedores, o que expressava seu entusiasmo de forma mais peculiar era o fã de Kameyama agarrado à grade. Era um jovem de cerca de vinte anos, vestindo a camisa de seu ídolo sobre um macacão de trabalho, e com um rádio pendurado à cintura, que não despregou por um instante sequer os dez dedos da grade. Quando o Hiroshima estava no ataque, ele não despregava os olhos de Kameyama, na posição de *left fielder*. Só de vê-lo no círculo de espera, já ficava animado. E, quando ele tomava a posição de rebatedor, gritava por ele sem parar, ora fervoroso, ora implorante. Pressionava o rosto contra a grade como se quisesse chegar ao menos um milímetro mais perto, sem se importar se o metal lhe marcava a testa. Não vaiava os adversários, não lamentava, nem mesmo suspirava quando Kameyama, fracassado, se recolhia. O homem só sabia gritar uma palavra: "Kameyama." E com ela extravasava todo o conteúdo da sua alma.

Por isso, numa jogada em que Kameyama conseguiu uma rebatida providencial, todos ao redor se preocuparam se ele não perderia os sentidos. Os torcedores sentados atrás dele chegaram a se preparar, instintivamente, para amparar suas costas. A rebatida varou o espaço entre as bases com uma velocidade espantosa e correu pelo gramado. Os *outfielders* que correram em perseguição à bola já não passavam de minúsculas sombras escuras. Apenas ela, a bola rebatida por Kameyama, recebia a bênção da iluminação ofuscante do estádio. O homem gritou até perder o fôlego e continuou a espremer dos pulmões vazios algo parecido com soluços, com os cabelos desalinhados e o corpo tremendo em transe. O rebatedor seguinte, Paciorek, já ocupava havia muito tempo sua posição, mas o êxtase do homem ainda não terminara. Em comparação, a forma como o Professor torcia era muito mais decente.

O Professor parecia muito incomodado por não avistar nenhum dos jogadores dos seus cartões. Pelo jeito, estava tão ocupado em avaliar como os conhecimentos que acumulara sobre regulamentos e índices de desempenho correspondiam à realidade do jogo, que não tinha tempo para pensar nos nomes dos jogadores.

— O que tem dentro daquele saquinho?

— Aquilo é o *rosin bag*. É resina de pinheiro, para a bola não escorregar.

— Por que o *catcher* está sempre correndo para a primeira base?

— É por segurança. Se a bola desviar de curso, lá está ele para o que der e vier.

— Ué, parece que temos torcedores invadindo o banco...

— Que nada! Devem ser intérpretes dos jogadores estrangeiros.

O Professor perguntava honestamente ao menino tudo o que não entendia. Ele, que era capaz de explicar o que quer que fosse a respeito da energia cinética de uma bola arremessada a 150 quilômetros por hora, ou da relação entre a temperatura da bola e a distância por ela percorrida, não sabia o que era um *rosin bag*. E dependia completamente de Raiz, embora não segurasse mais a sua mão. Falava de números, fazia perguntas ao menino, comprava coisas da garota bonitinha, levava amendoins à boca. Em meio a tudo isso, olhava diversas vezes em direção ao *bull pen*. Mas a camisa 28 continuou ausente.

O jogo seguia rápido, com a vantagem de 6 a 0 dos Tigers sobre o adversário. Com o avançar das entradas, os arremessos de Nakagomi passaram a atrair mais atenção do que o desfecho do jogo. A oitava entrada já chegava ao fim e Nakagomi não permitira uma única rebatida ao adversário.

O clima começava a ficar tenso na arquibancada do lado da terceira base, muito embora o jogo estivesse favorável a nós. Quando os Tigers abandonaram o ataque e passaram à defesa, aqui e ali os torcedores deixaram escapar suspiros agoniados. Teria sido mais fácil se o time tivesse conquistado mais vantagem, mas, depois de fazer seis pontos até a terceira entrada, seguiu-se uma sequência de zeros, e assim as atenções se voltaram, inevitavelmente, para a defesa.

Na primeira metade da nona entrada, um torcedor gritou às costas de Nakagomi, que se dirigia para a sua posição:

— Só mais três rebatedores...

Seu grito mais parecia um gemido de quem já suportara a mais não poder.

Um murmúrio se espalhou entre a torcida. Ninguém queria escutar isso. Só o Professor respondeu a esse gemido:

— A probabilidade de obter um *no-hitter* é de 0,18 por cento.

O Hiroshima escalou um rebatedor reserva para iniciar o ataque. Um nome completamente desconhecido, mas ninguém estava interessado no atleta, quem quer que ele fosse. Nakagomi lançou a primeira bola.

O taco girou no ar e a bola voou de encontro ao céu noturno, descrevendo uma bela parábola, como aquelas desenhadas no caderno do Professor. Mais branca que a lua e mais bela que as estrelas, a bola pairou em meio ao azul profundo. Todos os olhos se fixavam estáticos nesse ponto branco.

Mas, no instante em que a bola começou a cair, percebemos imediatamente que não se tratava em absoluto de uma bela rebatida. Ela vinha espalhando calor como um corpo celeste que despenca do espaço ao fim de uma longa trajetória, cortando os ares e aumentando a velocidade a olhos vistos, em queda livre.

Alguém soltou um grito de pavor.

— Cuidado! — gritou o Professor ao meu lado.

A bola passou rente ao joelho de Raiz, ricocheteou no concreto debaixo dos seus pés e se afastou quicando às nossas costas.

O Professor havia jogado seu corpo sobre o do menino. Envolvia-o com o corpo todo, esticando a mais não poder suas mãos e o pescoço, determinado a impedir, de qualquer forma, que esse ser indefeso fosse atingido.

A bola já se fora, mas os dois permaneceram imóveis por muito tempo. Na verdade, Raiz não conseguia se erguer nem se quisesse, pois o Professor não saía de cima dele.

— Por favor, tomem muito cuidado com os *foul balls*! — anunciaram os alto-falantes.

— Creio que não há mais perigo... — eu disse ao Professor.

As cascas de amendoim derrubadas das mãos dele se espalhavam por todos os lados.

— O peso de uma bola dura é de 141,7 gramas... caindo de uma altura de 15 metros... uma bola de ferro de 12,1 quilos... o impacto é 85,39 vezes maior... — murmurava o Professor.

No encosto das cadeiras dos dois, viam-se gravados os números 714 e 715. Assim como eu e o Professor estávamos conectados pelos números 220 e 284, ele e Raiz também estavam unidos por esses números, que compartilhavam um mistério particular. Era um laço indestrutível.

De repente, a plateia se agitou. A segunda bola lançada por Nakagomi fora rebatida em direção ao campo direito. A bola rolava pelo gramado.

— Kameyama! — gritou outra vez o homem agarrado à grade.

6

Quando retornamos à edícula, já eram dez horas da noite. Ainda estávamos excitados, mas Raiz já bocejava, sem poder disfarçar sua fadiga. Pretendíamos acompanhar o Professor até a porta e voltar logo para o apartamento, mas resolvemos deixá-lo em segurança na cama, pois ele parecia mais exausto do que prevíamos. Com certeza, se cansara na viagem de volta, no ônibus apinhado de outros torcedores. Todas as vezes que o ônibus sacolejava, ele era comprimido pela massa de gente e tentava, atarantado, proteger os lembretes pregados em seu corpo.

— Já estamos chegando! — eu repetia para animá-lo, mas ele não me escutava. Passou toda a viagem retorcendo o corpo para evitar ao máximo o contato com outras pessoas.

Não sei se foi pelo cansaço, ou se ele agia sempre assim, mas o Professor despiu a roupa que vestia largando as peças no assoalho, primeiro as meias, depois o paletó, a gravata e as calças, até ficar apenas com as roupas de baixo, e então se enfiou na cama sem ao menos escovar os dentes. Bem, talvez ele os tivesse escovado rapidamente quando fora ao banheiro, antes de se deitar.

— Obrigado por tudo — dissera o Professor antes de fechar os olhos. — Eu me diverti bastante, graças a vocês.

— Pena que não tivemos um *no-hitter* desta vez — disse Raiz, ajoelhado junto à cabeceira do Professor, ajeitando o cobertor.

— Mas Enatsu conseguiu. E na prorrogação. Foi no dia 30 de agosto de 1973, o ano em que eles enfrentaram os Giants pelo título. Era uma partida contra os Chunichi Dragons, no final da 11ª entrada, Enatsu rebateu um *home run* de despedida e conquistou a vitória por 1 a 0. Em suma, ele se encarregou sozinho tanto da defesa quanto do ataque. Mas hoje ele não entrou em campo. Foi uma pena...

— Verdade. Da próxima vez, vou pesquisar bem a escalação antes de comprar o bilhete.

— Mas vencemos. É isso que importa — eu disse.

— Isso mesmo, 6 a 1. Um ótimo placar.

— Os Tigers subiram para a segunda posição. E, além disso, os Giants perderam do Taiyo e despencaram para o último lugar. Foi um dia de muita sorte. Isso não acontece sempre, não é, Professor?

— Sem dúvida. Tudo graças a você, que me levou ao estádio. Muito bem, volte para casa. Vá com cuidado. Obedeça à sua mãe e durma cedo. Você tem aula amanhã, não tem?

O Professor fechou os olhos antes mesmo de ouvir a resposta do menino, mantendo apenas o sorriso nos lábios. As pálpebras estavam avermelhadas, e os lábios ressequidos. De repente, percebi gotas de suor junto à raiz dos cabelos. Eu pousei a mão sobre sua testa.

— Meu Deus!

O Professor estava com febre. E muito alta, por sinal.

Pensamos bem e resolvemos não voltar ao nosso apartamento e pousar na edícula aquela noite. Não podíamos abandonar um doente, ainda mais o Professor. Eu preferi concentrar-me imediatamente nos cuidados dele a perder tempo indecisa, pensando nas regras de conduta profissional e cláusulas contratuais.

Como seria de esperar, mesmo revirando a casa toda não encontrei nada que me servisse de ajuda, como bolsa de gelo, termômetro, antitérmicos, antissépticos ou o cartão do seguro saúde. Pelo que vi da janela, ainda havia luz na casa principal. Tive até a impressão de ter visto alguém se mover junto à cerca divisória. A viúva poderia prestar-me algum auxílio, mas lembrei-me de que fora proibida de levar os problemas da edícula à casa principal. Eu fechei a cortina.

Não me restava recurso a não ser cuidar sozinha dessa situação. Assim, enchi sacos plásticos com gelo quebrado, enrolei-os em toalhas, e procurei resfriar a nuca, as axilas e a virilha do Professor. Retirei do armário um cobertor de inverno para cobri-lo e preparei chá para poder hidratá-lo. Enfim, fiz a mesma coisa que costumava fazer quando meu filho tinha febre.

Coloquei Raiz para dormir no sofá existente a um canto do gabinete do Professor. O sofá, tomado por livros, não estava sendo utilizado em sua função original, mas ao removê-los vi que se tratava de um belo sofá e não parecia desconfortável para uma noite de sono. Apesar de estar preocupado com o Professor, Raiz caiu no sono imediatamente. Seu boné dos Tigers estava apoiado sobre a pilha de livros de matemática ao seu lado.

— Como se sente? Está bem? Avise-me se tiver sede — eu disse ao Professor.

Não houve resposta, não porque a febre o tivesse deixado inconsciente, mas porque mergulhara em sono, como até uma enfermeira amadora como eu pôde perceber. A respiração continuava um pouco agitada, mas não indicava sofrimento. As pálpebras fechadas aparentavam até mesmo tranquilidade. O Professor parecia perambular no mundo profundo dos sonhos. Não despertou uma só vez enquanto eu trocava o gelo ou lhe enxugava o suor. Abandonava-se pacificamente aos meus cuidados.

Livre do terno atulhado de lembretes, seu corpo se mostrava magro e fragilizado, mesmo levando em conta o fato de ele ser um idoso. A carne no ventre e nos braços era flácida e coberta de rugas desordenadas, e em qualquer parte do corpo que eu tocasse a pele se afundava, sem sinal de resiliência. Procurei por algum vestígio de vitalidade escondido em um lugar qualquer, nem que fosse na ponta das unhas, mas não havia. Recordei-me das palavras de um matemático de nome complicado, que o professor me ensinara numa ocasião:

— "Deus existe, porque não há contradições na matemática. E o demônio também existe, porque não podemos prová-lo."

Sendo assim, eu só podia imaginar que o demônio dos números havia roubado toda a nutrição do corpo do Professor.

Após a meia-noite, a febre parecia ter aumentado. Pelo menos, foi a minha impressão ao tocar o Professor. Seu hálito estava quente, o suor brotava sem parar, e o gelo derretia depressa. Deveria correr para a farmácia? Talvez tivesse sido um erro forçá-lo a se meter no meio da multidão. Poderia lhe afetar o cérebro. E se isso estivesse acontecendo realmente? Essas e outras preocupações assaltaram meu espírito. Mas por fim me consolei pensando que, se ele dormia tão bem, não devia haver motivos para temer.

Eu me deitei no chão ao lado da cama do Professor, enrolada na manta que levara ao estádio. O luar se infiltrava por uma fresta da cortina e se alongava sobre o assoalho. A partida de beisebol a que assistimos me parecia um passado distante.

O Professor dormia à minha direita e Raiz, à esquerda. Quando fechei os olhos, diversos ruídos chegaram aos meus ouvidos. Os roncos do Professor, o roçar dos cobertores, o gelo que derretia, Raiz murmurando enquanto dormia, os rangidos do sofá. Esses ruídos provocados pelos dois me fizeram esquecer o trauma da febre, me sossegaram e me conduziram ao sono.

Na manhã seguinte, Raiz se levantou antes que o Professor despertasse, foi até o apartamento, pegou seu material e seguiu para a escola, levando o megafone dos Tigers para devolvê-lo ao colega a quem pedira emprestado. O rubor no rosto do Professor parecia um pouco atenuado pela manhã, mas ele continuava num sono profundo, sem dar mostras de despertar. Desta vez, comecei a ficar preocupada, pois ele dormia bem demais. Eu toquei seu rosto. Depois, tirei o cobertor, cutuquei e experimentei fazer cócegas no seu pescoço, nas covas das clavículas, sob as axilas e no umbigo. Experimentei até soprar em seu ouvido. Nada surtiu efeito. Ele apenas agitava ligeiramente os olhos sob as pálpebras fechadas.

Só tive plena certeza de que a doença do sono não vitimara o Professor quase ao meio-dia, quando eu trabalhava na cozinha. Eu ouvi ruídos vindos de seu gabinete, fui ver o que acontecia e me deparei com o Professor vestido com o seu terno como sempre, sentado na beira da cama, de cabeça pendida.

— Mas o senhor não pode sair assim da cama. Está com febre, e deve ficar em repouso!

Calado, o Professor ergueu o rosto para me fitar, e depois derrubou novamente a cabeça, os olhos turvos e os cabelos desgrenhados. A gravata, com o nó frouxo, pendia desleixada do pescoço.

— Muito bem, vamos tirar esse terno e trocar as roupas de baixo por novas. Ontem à noite, elas estavam molhadas de suor. Depois eu vou comprar pijamas. Vamos também mudar o lençol. Vai ver como se sentirá melhor. Com certeza, o senhor se cansou. Também, passou três horas assistindo a uma partida de beisebol! A culpa foi minha, que o convidei contrariando sua vontade. Me desculpe. Mas não se preocupe, tudo vai passar num instante. É só se manter aquecido, se alimentar bem e ficar quietinho. É o que Raiz sempre faz quando está assim. Muito bem, vamos comer alguma coisa. Quer que lhe traga suco de maçã?

Eu me curvei para espiar seu rosto, mas ele empurrou meu ombro e virou a cara.

Só então percebi que eu havia cometido um erro primário. O Professor já não se lembrava nem do jogo a que fora assistir, nem de mim.

Ele continuava fitando o próprio peito. As costas encurvadas pareciam ter ficado ainda mais encolhidas em uma só noite. Parecia que ele não podia mais mover seu corpo de todo extenuado, e apenas sua alma vagava perigosamente, perdida em paragens desconhecidas. Não havia sombra alguma daquela intensa concentração de quando decifrava os segredos dos números nem do carinho que ele demonstrava por Raiz. Toda a vitalidade abandonara seu corpo.

Depois de alguns instantes, escutei um soluçar baixinho. No começo, não me dei conta de que partia dos lábios do Professor, pensei até mesmo que fosse o som de uma caixa de música quebrada, abandonada em algum canto do quarto. Era um pranto diferente daquele que ouvi quando Raiz cortou a mão. Um pranto silencioso, por ele mesmo e por mais ninguém.

O Professor lia o lembrete mais importante, bem visível em seu terno, que ele não podia deixar de ver:

Minha memória não vai além de 80 minutos.

Sentei-me à beira da cama. Não sabia o que mais poderia fazer. Mais que primário, meu erro fora fatal.

Todas as manhãs, quando acordava e vestia seu terno, o Professor recebia o veredicto do lembrete que ele próprio escrevera, sobre sua enfermidade. E então percebia que o sonho que acreditava ser daquela noite fora na realidade o último que sonhara em uma noite longínqua, quando a sua memória ainda vivia. Era esse o momento em que se dava conta, devastado, de que o seu eu de ontem despencara por uma fresta do tempo ao fundo de um abismo de onde jamais seria resgatado. Aquele Professor que protegera Raiz da bola perdida já se tornara cadáver dentro dele mesmo. Todos os dias, invariavelmente, ele recebia sozinho, sentado sobre o seu leito, esse veredicto tão cruel. Como eu pudera não pensar nisso sequer uma única vez, durante todo esse tempo?

— Eu sou sua empregada — eu lhe disse, quando seus soluços se interromperam.

O Professor me voltou os olhos úmidos de lágrimas.

— Meu filho virá também, à tarde. Ele tem a cabeça achatada, e por isso recebeu o apelido de Raiz. Foi o senhor quem o deu.

Eu indiquei o lembrete preso à manga do paletó — aquele que continha as nossas caricaturas. Que sorte ele não ter sido arrancado ontem à noite dentro do ônibus, pensei.

— Qual é o dia do seu aniversário?

Ainda que sua voz estivesse enfraquecida pela febre, era um alívio ouvir palavras saindo de sua boca, em vez de soluços.

— Vinte de fevereiro — eu respondi. — Duzentos e vinte. Um número que fez amizade com o seu 284.

A febre persistiu por três dias, durante os quais o Professor dormiu quase sem parar. Não se queixava de nada, não pedia atenção, apenas dormia.

Não dava sinais de despertar nem à hora das refeições, e também não se servia dos pratos leves deixados à beira da cama. Sem saber mais o que fazer, eu levava a comida à sua boca colher por colher. Erguia seu corpo, beliscava sua bochecha e aproveitava o momento em que ele abria a boca, tonto de sono, para enfiar nela uma colherada. Mesmo assim, ele voltava a cochilar sem aguentar sequer o tempo necessário para tomar um mero prato de sopa.

No fim das contas, não fomos até o hospital. Pensei que, se a causa da febre fora a excursão, o melhor seria deixá-lo repousar em casa. A meu ver, deveria ser algo como uma febre de desenvolvimento em crianças, provocada pelo repentino contato com o ambiente externo. Além do mais, seria impossível fazê-lo levantar, calçar os sapatos e andar com os próprios pés até o hospital.

Assim que voltava da escola, Raiz se dirigia diretamente ao quarto do Professor e se postava ao lado da sua cama, embora nada tivesse a fazer. Permanecia de pé, observando o rosto adormecido do Professor, até eu lhe dizer para sair de lá e tratar dos deveres de casa, pois perturbava seu repouso.

O Professor começou a se recuperar na manhã do quarto dia, quando a febre baixou. O tempo de sono foi diminuindo em proporção inversa ao seu apetite. Ele recuperou energia suficiente para ir da cama até a mesa de jantar, para dar corretamente o nó da gravata e ler seus livros de matemática estendido na espreguiçadeira da cozinha. Começou também a tentar resolver os problemas das revistas especializadas.

Ficava mal-humorado quando eu o perturbava em suas cogitações, mas recuperava o humor no final a tarde, para receber Raiz com um abraço, ao voltar da escola. Punha-se então a resolver os exercícios de casa com ele, afagando sua cabeça. Tudo voltava a ser como antes.

Pouco depois de o Professor ter recuperado a saúde, eu recebi uma notificação do gerente da agência, pedindo que comparecesse ao escritório. Essa convocação, quando não era para a apresentação rotineira do relatório de serviço, era sempre um mau sinal. Algum cliente registrara queixa, e eu ouviria uma reprimenda severa, talvez tivesse que apresentar um pedido formal de desculpas, ou então pagar uma multa em dinheiro. De qualquer forma, era uma situação deprimente. Não era de esperar, porém, que o Professor pudesse registrar alguma queixa, impedido como estava pelo obstáculo dos oitenta minutos. Além disso, eu cumprira fielmente a promessa de não pôr os meus pés na casa principal. Sendo assim, pensei que talvez estivessem apenas interessados em saber como andavam as coisas com aquele personagem excêntrico, que já conseguira nove estrelas azuis na sua ficha.

— Temos um problema sério!

As primeiras palavras do gerente destruíram essa doce ilusão.

— Há uma queixa contra você — continuou ele, esfregando sua calva com uma expressão conturbada.

— Que tipo de queixa...? — perguntei, titubeando.

Eu já recebera algumas reclamações de clientes, até então. Mas todas elas eram fruto de mal-entendidos ou da presunção do cliente. Nessas ocasiões, o gerente compreendera que eu não fora a responsável, e pusera panos quentes sobre o ocorrido pedindo-me apenas para que agisse com diplomacia. Mas desta vez era diferente.

— Ora, não se faça de inocente! Você cometeu uma falta gravíssima, não foi? Passou a noite no quarto daquele professor de matemática?

— Não fiz nada de errado! Quem é que está levantando essas suspeitas vulgares? Que coisa ridícula! Que desagradável! — protestei.

— Não se trata de uma suspeita. É um fato, você passou a noite lá. Não é mesmo?

Não me restava senão concordar.

— Caso surja necessidade de fazer hora extra, é preciso avisar a agência com antecedência. Mesmo em situações de emergência, deve-se apresentar o pedido de compensação devidamente reconhecido pelo cliente, juntamente com o relatório. Isso consta dos regulamentos.

— Eu sei muito bem.

— E não cumpriu. Ou seja, cometeu um erro. O que isso tem de vulgar ou ridículo?

— Não foi o que aconteceu! Não fiz hora extra. Eu apenas cuidei do Professor, por um simples ato de caridade...

— Se não foi serviço, então foi o quê? Se passou a noite no quarto de um homem, e não foi por serviço, não reclame se isso levantar suspeitas.

— Ele estava doente! Teve uma febre repentina, eu não podia deixá-lo só! Quebrei o regulamento, eu reconheço meu erro. Peço desculpas. Mas, como empregada doméstica, eu não fiz nada de errado. Muito pelo contrário, acho que apenas cumpri meu dever, fiz o que era preciso naquele momento.

— Com relação ao seu filho — disse o gerente, conferindo com o indicador a ficha de registro —, nós providenciamos uma permissão especial. Jamais se permitiu levar filhos ao ambiente de trabalho. Em seu caso, nós cedemos porque se tratava de uma sugestão do próprio cliente, uma pessoa de trato um tanto quanto difícil. Mas já estou ouvindo algumas queixas de outras empregadas, que querem saber por que só você tem tratamento especial. Por isso mesmo, é preciso que você tenha uma conduta profissionalmente irrepreensível, e não provoque mal-entendidos. Do contrário, você nos deixa em apuros.

— Eu peço desculpas, de verdade. Fui leviana. Sou muito grata ao senhor no que diz respeito ao menino. Nem sei como lhe agradecer...

— Muito bem. Você está despedida desse serviço.

— Como? — perguntei, estupefata.

— Não precisa se apresentar àquele cliente hoje. Será penalizada por um dia de trabalho e, amanhã, se apresentará a um novo cliente.

O gerente virou a ficha do Professor e pôs mais um carimbo de estrela azul no verso — a décima.

— Mas, espere um pouco! Não pode me dizer isso assim, de repente! Afinal, quem é que está pedindo a minha demissão? O Professor? O senhor?

— É a cunhada.

Eu abanei a cabeça.

— Mas eu nunca mais a vi, desde a primeira entrevista! Nunca lhe causei problemas! Eu sempre respeitei ao pé da letra a sua ordem, de não levar os problemas da edícula à casa principal. Sem dúvida, é ela quem paga as contas, mas não sabe nada acerca do meu serviço. Como ela pode me despedir?

— A senhora sabe perfeitamente que passou a noite no gabinete do professor.

— Ah, ela estava me espionando!

— Ela tem o direito de observá-la.

Recordei-me de ter visto uma sombra se movendo próxima ao portão.

— O Professor está enfermo. E é, ainda por cima, um enfermo que requer mais cuidados que o normal. Uma enfermeira temporária não ajuda em nada. Se eu não for hoje, ele se verá imediatamente em apuros. A esta hora, ele deve estar acordando e se deparando com os lembretes no paletó, tudo sozinho...

— Empregadas não faltam — interrompeu o gerente.

Ele abriu a gaveta e arquivou a ficha numa pasta.

— Por enquanto é só. Está resolvido. Não há discussão.

A gaveta se fechou com um ruído seco. Um som vigoroso, oposto ao meu estado de espírito. E, assim, eu deixei de ser a empregada doméstica do Professor.

Meus novos patrões eram um casal que mantinha um escritório de contabilidade fiscal, a mais de uma hora de viagem do meu apartamento, por trem e ônibus. A jornada de trabalho era longa, estendia-se até as nove horas da noite, e meus serviços cobriam tanto as tarefas domésticas como do escritório, sem distinção. Para completar, a mulher do contador era uma senhora de mau caráter. Quem sabe esta era a forma de o gerente me castigar. Meu filho voltou a viver encerrado entre quatro paredes.

As despedidas fazem parte do ofício nesta profissão. Mais ainda quando pertencemos a uma agência temporária como a Akebono. A situação dos nossos empregadores se modifica com frequência, e são raras as oportunidades de um bom relacionamento. Quanto mais tempo se permanece em um só lugar, maiores são as chances de ocorrer algum problema.

Em algumas casas, chegaram a me fazer até festas de despedida. Em outras, crianças me entregaram, em lágrimas, pequenos mimos. Por outro lado, houve também quem me apresentasse contas de compensação por alimentos, móveis e roupas utilizados, sem nenhuma palavra amável de despedida.

Em todas essas ocasiões, eu me esforcei para não reagir de forma excessiva. Não havia necessidade de demonstrar grande tristeza ou mágoa. Para eles, eu era apenas uma transeunte que passou por suas vidas. Era natural que, no instante seguinte, já tivessem esquecido até o meu nome. Assim como eu mesma esquecia os seus nomes, um após outro. No novo emprego era preciso aprender novas regras, e não havia espaço para sentimentalismos.

Mas desta vez as circunstâncias eram outras. O que mais me fazia sofrer era o fato de que o Professor nunca mais se recordaria de mim. Ele era incapaz de perguntar à cunhada por que motivo eu fora despedida, ou de se preocupar com o destino de Raiz. Não lhe era dado sequer o direito de absorver-se em recordações de mim e de meu filho, enquanto contemplava a primeira estrela vespertina espichado na espreguiçadeira da cozinha, ou durante uma pausa, enquanto decifrava os problemas de matemática em seu gabinete.

Pensar nisso era muito doloroso. Eu me sentia brava comigo mesma, amargurada por ter cometido um erro irreparável. Não conseguia, naturalmente, concentrar-me no novo serviço. A maior parte das tarefas que me ordenavam era braçal (lavar cinco veículos de marca estrangeira, limpar a escadaria do edifício de quatro andares, preparar o jantar para dez pessoas), mas minha cabeça ficava mais cansada do que meu corpo, pois a lembrança do Professor estava sempre aninhada em um canto da minha memória, alimentando minhas preocupações. No meu espírito, ele aparecia sempre sentado em sua cama, abatido. Essa imagem me desconcentrava e eu acabava repetindo pequenos erros e levando reprimendas da patroa.

Quem teria sido indicada em meu lugar? Eu não sabia. Apenas desejava que ela não fosse diferente demais da caricatura desenhada no lembrete. Teria o Professor, quem sabe, perguntado também a ela o número do telefone ou o tamanho do sapato, para desvendar o mistério escondido nesses números? Eu não me sentia bem ao imaginar que o Professor estivesse compartilhando o segredo dos números com alguém que eu não conhecia. Dava-me a impressão de que os encantos dos números que o Professor me ensinara, só a mim, perdiam o brilho. Muito embora os números continuassem a existir da mesma forma, ontem, hoje e a qualquer tempo, o que quer que aconteça neste mundo.

Talvez a nova empregada não suporte o gênio do Professor e desista do emprego, e o nosso gerente conclua que, de fato, eu sou a pessoa certa... Vez ou outra eu era levada a essas ingênuas cogitações. Mas afastava-as imediatamente, balançando a cabeça. Quanta presunção imaginar que sou indispensável! Ele não sentirá tanto a minha falta como eu imagino. São muitas as pessoas que podem substituir-me. É como disse o gerente.

— Por que não vamos mais na casa do Professor?

Raiz perguntava a mesma coisa diversas vezes. Eu respondia sempre:

— A situação mudou.

Que mais poderia dizer?

— Situação? Que situação?

— Muita coisa, é complicado...

"Hum!", bufava o menino, encolhendo os ombros.

Num domingo, dia catorze de junho, Yufune, dos Tigers, conquistou um *no-hitter*. Raiz e eu estávamos grudados ao rádio desde o almoço. Mayumi conseguiu um *home run* de três pontos, e Shinjo um *solo home run*. No fim da oitava entrada, o placar indicava 6 a 0. O mesmo resultado daquele dia com Nakagomi, e contra o mesmo adversário, o Hiroshima.

O locutor e o público ficavam mais animados a cada vez que o rebatedor do Hiroshima se recolhia inutilmente ao banco, sem conseguir rebater. Mas nós, pelo contrário, ficávamos cada vez mais calados. Na nona entrada, quando o primeiro rebatedor foi eliminado com uma bola rebatida em direção à segunda base, Raiz soltou um suspiro. Sabíamos perfeitamente que recordações isso nos trazia, e sobre o que estávamos, ambos, pensando. Por isso mesmo, não era preciso dizer nada.

Quando Shoda, último rebatedor, acertou a bola para o alto, a gritaria dominou por completo a transmissão do jogo. Finalmente, conseguimos escutar na confusão a voz do locutor, que gritava: "Out! Out!"

— Conseguiram! — disse Raiz, com a voz serena.

Eu assenti com a cabeça, sem nada dizer.

— "... é o 58º jogador da história do beisebol... Para os Tigers, são dezenove anos desde Enatsu, em 1973..." — a voz do locutor soava entrecortada.

Estávamos confusos, sem saber como expressar nossa alegria. Na verdade, sem saber nem mesmo se devíamos nos alegrar. Os Tigers haviam ganhado o jogo, e, mais ainda, alcançado um recorde importante, mas nós estávamos tomados pela tristeza. Toda a excitação que o rádio transmitia nos fazia reviver a partida de 2 de junho e nos lembrava que o Professor, que sentara ao nosso lado na cadeira 7-14, estava agora muito longe de nós. Ocorreu-me que, quem sabe, o poderoso *foul ball* da última entrada, disparado em direção a Raiz pelo primeiro rebatedor, um reserva desconhecido, fora um prenúncio dos infortúnios que se abateriam sobre nós três.

— Bom, preciso preparar o jantar — eu disse.

— Tá — Raiz desligou o rádio.

A primeira das pragas daquele *foul ball* fora, naturalmente, a rebatida disparada em direção ao campo direito, que acabou com o jogo perfeito de Nakagomi. Mas depois disso a má sorte continuou, com a febre que atacou o Professor e a minha demissão. Talvez fosse excessivo atribuir tudo isso ao *foul ball* mas, de qualquer forma, era o suficiente para me perturbar.

Certo dia, uma mulher me extorquiu dinheiro enquanto eu esperava pelo ônibus, a caminho do trabalho. Não era uma batedora de carteira ou assaltante, pois eu própria lhe dei o dinheiro, então não seria caso de polícia. Mas, se aquela fosse uma nova modalidade de assalto, era muito refinada. A mulher se aproximou abertamente de mim e, sem preâmbulos de qualquer espécie, me estendeu a mão e disse apenas: "Dinheiro!" Era uma mulher branca e encorpada, na fase final dos trinta anos de idade. Não havia nada de suspeito na sua aparência, a não ser o fato de estar vestindo uma jaqueta de meia-estação em pleno início de verão. Trajava-se com asseio e não me pareceu ser pedinte ou estar passando necessidade. Abordou-me de forma natural, como se quisesse pedir informações. Mais do que isso, como se ela mesma quisesse me dar informações.

— Dinheiro! — repetiu a mulher.

Eu depositei uma nota sobre a palma da sua mão. Essa ação surpreendeu até a mim mesma. Não sei explicar por que fiz isso, pobre como sou, sem ter sido ameaçada com uma faca nem nada assim. A mulher enfiou a nota no bolso da jaqueta e se afastou tal como surgira, sem dizer mais nada. O ônibus chegou logo em seguida.

Durante todo o percurso até a firma de consultoria fiscal, fiquei a imaginar quão importante teria sido o meu dinheiro para a mulher. Quem sabe ela o tivesse utilizado para comprar pão a uma criança faminta, ou remédio para a mãe doente. Talvez essa ajuda tivesse evitado uma tragédia, um suicídio em grupo de toda a família... Essas lucubrações, porém, não me animaram. Não que eu lamentasse o dinheiro perdido. Eu me sentia mal, como se eu própria tivesse recebido uma esmola.

Num outro dia, fomos visitar o túmulo da minha mãe, no aniversário de seu falecimento, e encontramos o cadáver de um filhote de corça estendido no mato atrás do túmulo. Ainda não se transformara totalmente em esqueleto. Pedaços da pele pintada pendiam na região do dorso como trapos. As quatro patas continuavam presas ao corpo, reproduzindo os últimos instantes de sofrimento, quando o animal ainda tentava se erguer sobre elas. As vísceras escorriam para fora do corpo, os olhos haviam se transformado em cavidades escuras, e a boca semiaberta deixava entrever pequenos dentes malformados.

Foi Raiz quem o descobriu.

— Ai! — exclamou, apontando com o dedo, sem conseguir me chamar nem desviar os olhos.

Provavelmente, o filhote viera correndo da montanha e se chocara contra a lápide, morrendo no mesmo instante.

Observando melhor, parecia haver pedaços de carne e vestígios de sangue na lápide do túmulo.

— E agora, o que é que a gente faz, mamãe?

— Não tem importância, deixe como está.

Dedicamos mais tempo em prece ao filhote morto que à minha mãe. Rezamos para que aquela pequena morte fosse juntar-se à alma dela como uma companheira carinhosa.

No dia seguinte, descobri a fotografia do pai do meu menino estampada na edição regional de um jornal. Ele fora, ao que parece, receber um prêmio que uma instituição conferia a jovens engenheiros. Havia uma pequena reportagem sobre isso em um canto da folha do jornal. A fotografia era pouco clara, mas tratava-se dele, sem dúvida alguma. Dez anos mais velho, precisamente.

Eu fechei o jornal, amarrotei-o em uma bola e joguei-o no lixo. Pouco depois, refleti e o recolhi de volta. Alisei a folha e recortei a reportagem, que, toda amarrotada, parecia um pedaço qualquer de papel velho.

— Mas, e daí? — me perguntei.

— E daí, nada — respondi a mim mesma. — O pai do meu menino recebeu um prêmio. É uma boa notícia. Nada além disso.

Dobrei a reportagem e a guardei junto ao cordão umbilical de Raiz.

7

Sempre que via números primos, eu me recordava do Professor. Nas trivialidades do dia a dia, eu os via por toda parte a me espreitar: nas etiquetas de preços dos supermercados, nos endereços, no horário dos ônibus, no prazo de validade de um presunto, nas notas escolares de Raiz... Todos eles cumpriam fielmente suas funções de fachada, enquanto defendiam bravamente sua importância intrínseca, oculta por trás dela.

Naturalmente, eu não sabia dizer, de imediato, se os números eram ou não primos. Porém, graças ao treinamento que recebera do Professor, eu reconhecia os números primos até cem sem recorrer a cálculos, apenas por intuição. Quando eu suspeitava de números maiores, precisava recorrer a contas, procurando seus divisores. Em alguns casos, números que me pareciam claramente compostos se revelavam primos. Mas também era comum descobrir divisores para números que, à primeira vista, eu tinha toda a certeza de que eram primos.

Passei a ter sempre no bolso do avental lápis e folha de papel, assim como o Professor fazia. Dessa forma, poderia fazer contas sempre que me desse na telha. Por exemplo, quando limpava a geladeira do casal de consultores fiscais, me deparei com o número de fabricação, 2311, gravado no interior da porta. "Esse número promete ser interessante", pensei. Deixei de lado por um momento o pano de limpeza e o detergente e puxei do bolso a folha de papel para fazer algumas contas de dividir. Comecei dividindo por 3, depois por 7 e em seguida por 11. As contas não deram certo, deixavam sempre 1 como resto. Continuei tentando, o 13, o 17 e o 19. Também não consegui. E a forma como as divisões davam errado também era engenhosa. Quando me parecia ter finalmente descoberto a natureza do número, ela me escapava escorregando, deixando atrás de si novas possibilidades, que no entanto me levavam a outras leves frustrações. Os números primos sempre se comportam assim.

Eu admiti o número 2 311 como primo, guardei a folha de papel no bolso e retomei a faxina. Agora até sentia certa simpatia pela geladeira, só pelo fato de ela ter um número primo como registro de fabricação. Uma geladeira que não contemporizava, e se mantinha bravamente altiva.

O número que eu encontrei enquanto esfregava o assoalho do escritório foi 341. Havia um formulário azul de declaração de imposto com esse número, caído debaixo da mesa.

Talvez fosse um número primo. Parei imediatamente de trabalhar com o esfregão. O formulário, coberto de poeira, já devia estar no chão por muito tempo. Mesmo assim, o número 341 ainda irradiava um sinal vibrante. Um número atraente, merecedor das atenções do Professor.

Iniciei as investigações no escritório já deserto, com metade das luzes apagadas. Eu ainda não tinha um método próprio para descobrir números primos, me baseava apenas na tentativa e erro, guiada pela intuição. O Professor me ensinara um processo inventado por um certo Eratóstenes, curador da Biblioteca de Alexandria, mas era muito complicado e acabei esquecendo. Ainda assim, ele certamente perdoaria o meu processo aleatório, pois dava valor à intuição no trato dos números.

341 não era primo.
— Mas quem diria!
Refiz o cálculo.

$341 \div 11 = 31$

Uma divisão perfeitíssima.

Sem dúvida, descobrir um número primo era para mim uma satisfação. Mas isso não quer dizer que eu me decepcionava quando não se tratava de um primo. Também havia um certo tipo de proveito em ter a expectativa contrariada. Que do produto de 31 por 11 surgisse um número tão enganador era, de qualquer forma, uma novidade surpreendente, e sugeria um rumo novo e inesperado. Quem sabe houvesse uma forma de produzir números bastante parecidos com os primos, mas falsos.

Deixei o formulário sobre a mesa, lavei o esfregão na água turva do balde e o torci bem. Nada mudava, tivesse eu descoberto um número primo ou não. A montanha enorme de tarefas a realizar continuava diante de mim, como antes. A geladeira se limitava a cumprir as suas funções, qualquer que fosse o número do registro de sua fabricação; e a pessoa que submetera ao fisco a declaração de renda número 341 nem por isso se livraria do problema dos impostos. Eu não obtinha nenhum proveito do estudo desses números. Pelo contrário, produzia até danos. O sorvete derretia na geladeira, a limpeza do assoalho demorava mais, irritando meus patrões. Mesmo assim, a realidade persistia: 2311 era um número primo e 341, não.

Recordei-me do que dizia o Professor: "A perfeição matemática é bela porque não tem utilidade na vida prática."

"Mesmo que se descubra a natureza dos números primos, nem por isso a vida será melhor, ou se ganhará dinheiro com isso. É claro que, por mais que a matemática volte as costas ao mundo, certamente surgirão casos e mais casos em que suas descobertas podem ter aplicações práticas. O estudo da elipse se transformou na órbita dos satélites, e Einstein revelou a forma do universo por intermédio da geometria não euclidiana. Até os números primos participaram da guerra, servindo de fundamento para códigos. Isso foi detestável. Não é esse o objetivo da matemática, mas sim apenas descobrir a verdade."

O Professor tinha tanta admiração pelo termo "verdade" quanto pelos números primos.

— Escreva aqui uma linha reta — disse o Professor, certa vez, não me lembro quando. Estávamos sentados à mesa, na hora do jantar.

Eu tracei uma reta numa folha de anúncio (costumávamos escrever no verso dos encartes dos jornais), utilizando um hashi como régua. Ele continuou:

— Muito bem, isso é uma reta. Você compreendeu bem a definição de uma reta. Mas pense um pouco. A reta que você traçou tem começo e fim, certo? Então se trata de um segmento de reta, que une dois pontos no menor trajeto possível. Uma reta, por definição, não tem pontas. Ela se estende infinitamente. Mas um pedaço de papel tem limites, assim como a sua energia. Por isso, nada mais fazemos senão tratar, por ora, o segmento de reta como uma reta verdadeira. Além disso, o grafite de um lápis tem uma espessura, por mais que se aponte, com um estilete bem afiado, com todo o capricho. Isso cria uma espessura nessa reta. E também uma superfície. Ou seja, é impossível desenhar uma reta verdadeira em uma folha de papel.

Observei atentamente a ponta do lápis.

— Então, onde é possível encontrar uma reta verdadeira? A resposta é: só aqui!

O Professor colocou a mão sobre o peito. O mesmo gesto que ele fizera ao me ensinar sobre os números imaginários.

— A verdade eterna, que não se deixa influenciar pela matéria ou pelos fenômenos naturais, é invisível aos nossos olhos. A matemática desvenda e revela a aparência dessa verdade. Nada pode detê-la.

A existência dessa verdade eterna, à qual o Professor se referia, era necessária para mim, que esfregava o assoalho do escritório com o estômago vazio e sempre preocupada com o meu filho. Precisava sentir que, de fato, esse mundo invisível sustentava o mundo visível. A reta verdadeira, sem espessura ou superfície, aquela que atravessava majestosamente as trevas estendendo-se além de qualquer limite — só ela poderia me trazer um pouco de tranquilidade.

"Abra bem esses seus olhos inteligentes!"

Eu me recordava dessas palavras e arregalava meus olhos em meio às trevas.

— Vá imediatamente para a casa daquele professor de matemática. Pelo jeito, seu filho causou problemas. Não sei dos detalhes, mas, de qualquer maneira, corra até lá. É uma ordem do gerente.

Uma funcionária da Agência Akebono me telefonou, no escritório de contabilidade. Eu havia acabado de retornar das compras e ia começar a preparar o jantar. Como? Meu filho fez o quê?... Ela desligou bruscamente antes que eu pudesse perguntar.

Logo pensei nas pragas do *foul ball*. A sequência de pragas ainda não se esgotara. Não só isso, mas parecia que essa bola da qual havíamos escapado voltara aos céus, e caíra sobre a cabeça de Raiz. Realmente, a advertência do Professor estava correta: "Não se deve deixar uma criança sozinha."

Talvez ele tenha se engasgado com as roscas que levou para o lanche e esteja sufocando... Ou quem sabe o plugue do rádio teve um curto-circuito e ele levou um choque? Preocupações disparatadas invadiam a minha mente. Eu tremia de pavor. Não pude explicar a contento a situação à patroa, o contador me atirou comentários irônicos, mas corri assim mesmo até a casa do Professor.

Em apenas um mês, a edícula havia se transformado em um lugar distante e frio. A campainha quebrada, os móveis rústicos, o jardim relegado ao abandono — tudo permanecia igual, mas me senti desconfortável logo no instante em que dei o primeiro passo no interior do recinto. Só fui ficar um pouco mais tranquila ao ver que meu filho nada tinha a ver com esse desconforto. Ele não se asfixiara e tampouco levara um choque. Estava sentado à mesa da cozinha com o Professor, com a mochila aos seus pés.

O que causava o desconforto era a presença da viúva, que viera da casa principal e se achava diante de ambos. Ao seu lado estava uma desconhecida de meia-idade. Devia ser a empregada que me substituíra. Era perturbador encontrar novas pessoas inseridas naquele ambiente onde, pela minha memória, só deviam estar o Professor, meu filho e eu.

No instante em que me tranquilizei, percebi o inesperado da situação. O que meu filho estava fazendo ali? A viúva estava sentada no centro da mesa. Vestia-se de forma elegante, como no dia da entrevista. Também como naquele dia, sua mão esquerda segurava a bengala.

Raiz estava quieto e evitava olhar para mim. Ao seu lado, o Professor tinha seu ar pensativo, concentrado em um ponto do espaço bem distante, fora do alcance dos presentes.

— Desculpe-me tê-la convocado no meio do seu trabalho. Por favor, sente-se.

A viúva me ofereceu uma cadeira. Eu ofegava, pois viera correndo desde a estação. Não conseguia falar direito.

— Não faça cerimônia e sente-se. Senhora, sirva chá à nossa visitante, por favor.

A empregada, que eu não sabia dizer se era da Agência Akebono, foi para a cozinha. Apesar das palavras educadas, eu podia ver a agitação da viúva em suas maneiras. Passava a língua pelos lábios intranquila e arranhava a mesa com as unhas. Sem saber como cumprimentá-la, eu me sentei na cadeira que me oferecera.

Ficamos em silêncio durante alguns momentos.

— Então — iniciou a viúva, arranhando a mesa com mais força —, o que é que vocês estão pensando?

Eu tomei fôlego e disse:

— Meu filho cometeu algum desatino?

Cabisbaixo, Raiz remexia o boné dos Tigers.

— Permita-me responder com outra pergunta. Por que esta criança, filho de uma empregada despedida, veio até a casa do meu cunhado? Qual a necessidade disso?

O esmalte elegante das unhas da viúva se descolava, espalhando fragmentos sobre a mesa.

— Eu não fiz nada de errado — protestou Raiz de cabeça baixa.

— Esta criança, filho de uma empregada despedida há muito tempo — disse a viúva, interrompendo as palavras do menino.

Ela repetia "criança", "criança", mas não se dignava a lançar sequer um olhar a Raiz. E, por sinal, nem ao Professor. Desde o início, agia como se ambos estivessem ausentes.

— Bem, não é uma questão de necessidade... — respondi, ainda sem entender toda a situação. — Acredito que tenha vindo apenas para brincar um pouco com o Professor.

— Eu queria ler com ele o livro *A história de Lou Gehrig*, que peguei emprestado da biblioteca.

Finalmente, Raiz ergueu o rosto.

— Brincar? Um homem de mais de sessenta anos e uma criança de dez anos?

As palavras de Raiz foram ignoradas mais uma vez.

— Peço desculpas pelo meu filho ter visitado a sua casa sem pensar na inconveniência desse ato e sem me consultar previamente. Foi um erro meu não ter controlado melhor o meu filho. Sinceramente, peço-lhe perdão.

— A senhora não compreendeu. Eu não estou discutindo esses probleminhas. O que gostaria de saber é qual foi a intenção da senhora ao enviar seu filho à casa do meu cunhado, depois de ter sido despedida.

O ruído que ela fazia arranhando a mesa estava começando a me irritar.

— Intenção? Creio que houve algum mal-entendido. É apenas uma criança de dez anos! Ele veio visitá-lo porque queria brincar. Porque achou um livro interessante na biblioteca e quis mostrá-lo ao Professor. Isso não basta?

— Claro, claro, a criança não tem más intenções. É por isso que estou perguntando o que é que a senhora tinha em mente.

— Eu quero apenas que o meu filho seja feliz, nada mais do que disso.

— E por que envolver meu cunhado nisso? Saindo à noite com o meu cunhado, dormindo aqui para cuidar dele. Não me lembro de ter pedido que fizesse essas coisas.

A empregada trouxe o chá. Era uma empregada fiel ao seu trabalho. Não interpôs uma única palavra, não provocou nenhum ruído, apenas serviu o chá para todas as pessoas e saiu. Claramente, não mostrava intenção alguma de vir em minha defesa. Retirou-se às pressas para a cozinha como se quisesse fugir daquelas complicações.

— Reconheço que extrapolei os meus deveres. Mas não tive segundas intenções. Meus motivos foram muito simples.

— Como dinheiro, por exemplo?

— Dinheiro?

Essa palavra tão inesperada me fez alterar a voz.

— Isso é inadmissível. Ainda mais na presença de meu filho. Peço que se retrate.

— O que mais poderia ser? A senhora quer agradar o meu cunhado e enrolá-lo conforme lhe convém.

— Que absurdo!

— A senhora foi despedida! Não tem nada mais a ver conosco!

— Seja razoável, por favor!

— Com licença...

A empregada reapareceu, sem o avental e com a bolsa na mão.

— Está na hora, eu vou indo.

Ela saiu com passos absolutamente silenciosos, como quando servira o chá. Nós acompanhamos suas costas com o olhar.

O Professor estava cada vez mais concentrado em seus pensamentos, e o boné de Raiz já estava todo amarrotado. Soltei um longo suspiro.

— É por que nós somos amigos, será que não entende? — eu disse. — Não se pode visitar um amigo?
— Quem é amigo de quem?
— Eu e meu filho somos amigos do Professor.
A viúva balançou a cabeça.
— Talvez a senhora esteja iludida. Meu cunhado não possui fortuna alguma. Gastou com a matemática tudo o que herdou dos pais, e não ganhou de volta um centavo sequer.
— E o que tenho eu com isso?
— Meu cunhado não possui amigos. Nenhum amigo veio visitá-lo, jamais!
— Pois então somos os primeiros.
De súbito, o Professor se levantou.
— Não! Não se pode judiar de uma criança!
Em seguida tirou do bolso um pedaço de papel, escreveu rapidamente algo nele, e abandonou o recinto, deixando o papel sobre a mesa. Foi uma atitude resoluta, como se tivesse sido premeditada. Não se mostrava irritado ou confuso, apenas sereno.
Deixados para trás, nós três observamos o pedaço de papel. Assim permanecemos, imóveis, por longo tempo. O bilhete continha uma única expressão matemática:

$$e^{\pi i} + 1 = 0$$

Ninguém teve coragem de dizer mais nada. A viúva parou de tamborilar com as unhas. Percebi então que a agitação, a frieza e as suspeitas desapareciam pouco a pouco de seus olhos. Me pareceram ser os olhos de quem entende corretamente a beleza de uma expressão matemática.

Pouco depois, fui notificada de que deveria retornar ao serviço na casa do Professor. A razão não me foi esclarecida. Talvez a viúva tivesse mudado de opinião depois daquele episódio, ou quem sabe a nova empregada não havia se adaptado bem e a agência se vira sem alternativa senão chamar-me de volta. De qualquer forma, a ficha do Professor ganhara a 11ª estrela azul. Eu nem tinha como saber se as suspeitas injustas que pesavam sobre mim haviam sido desfeitas.

Por mais que eu pensasse, as reclamações da viúva seguiam sendo um mistério. A forma como ela havia usado a fofoca para me demitir e sua reação exagerada à visita do meu filho ao Professor eram muito estranhas.

Fora ela, com certeza, quem espionara a edícula desde o jardim, naquela noite em que fomos à partida de beisebol. Ao imaginar que ela arrastara a perna inválida para se esconder entre os arbustos, empunhando a bengala, eu chegava a sentir pena e esquecer que ela me lançara uma suspeita infundada.

Às vezes eu me perguntava se a questão do dinheiro não teria sido apenas uma camuflagem, e se na verdade a viúva estava com ciúmes de mim. Talvez ela amasse, à sua maneira, o Professor, e por isso se incomodasse com a minha presença. Quiçá, proibira-me de frequentar a casa principal, não para evitar a interação com o cunhado, mas para manter em segredo a ligação entre eles, sem que eu a perturbasse.

Voltei ao trabalho no dia 7 de julho, dia do festival de *Tanabata*. Quando o Professor surgiu na porta de entrada, o seu paletó cheio de lembretes farfalhantes me pareceu as árvores que decoram esse festival, cheias de enfeites de papel. O lembrete sobre mim e Raiz continuava pregado à manga.

— Quanto você pesava ao nascer?

O hábito de perguntar sobre números na porta de casa continuava igual, mas meu peso no nascimento era um assunto novo.

— Pesava 3 217 gramas — eu lhe disse o peso do meu filho, pois não me lembrava do meu.

— Pois 2 elevado à potência 3 217, menos 1, dá um número primo de Mersenne — resmungou o Professor e se recolheu ao seu gabinete.

Os Tigers haviam lutado valentemente o mês inteiro, agarrados à primeira posição. O arremessador se mantivera firme no comando da equipe, depois do *no-hitter* conseguido por Yufune. Entretanto, no final de junho, a situação tinha começado a degringolar e até o dia anterior o time perdera seis jogos consecutivos. Acabaram em terceiro lugar, atrás até mesmo dos Giants, que vinham subindo de posição pouco a pouco.

A empregada doméstica que entrara como minha substituta fora, aparentemente, muito escrupulosa. Ela guardara na estante todos aqueles livros de matemática do Professor que eu evitara tocar para não estorvar suas pesquisas, e arrumara em cima do guarda-roupa ou no espaço exíguo embaixo do sofá os que não cabiam na estante. Porém, o único critério utilizado por ela nessa tarefa fora o tamanho. Assim, o gabinete ficou sem dúvida mais apresentável à vista, mas a organização invisível que se criara ao longo dos anos no seio daquela confusão foi inteiramente destruída.

Fiquei preocupada, de repente, com a lata de biscoitos onde estavam arquivadas as fichas de beisebol. Encontrei-a em um lugar não muito longe da prateleira onde estivera guardada. Estava sendo usada como base para nivelar a altura dos livros. Enatsu se achava a salvo dentro dela.

Contudo, nada mudara nos hábitos de vida do Professor, independente da classificação dos Tigers ou do visual do ambiente. Seja como for, em menos de dois dias o gabinete já havia voltado à saudosa situação antiga, pondo por terra todo o esforço de arrumação da minha substituta.

Eu guardara com todo o cuidado a folha de papel deixada pelo Professor no centro da mesa aquele dia. Felizmente, a viúva não protestara quando estendi a minha mão para apanhá-la. Eu a dobrei com todo o carinho e a guardei na carteira, junto ao retrato de Raiz.

Fui até a biblioteca pública para pesquisar o significado daquela expressão matemática. O Professor certamente teria me explicado se lhe perguntasse. Não o fiz porém, pois pressenti que poderia compreender mais profundamente se tentasse decifrar eu mesma a expressão. Era apenas uma intuição, sem nenhum fundamento. No curto período de convivência com o Professor, eu adquirira, sem perceber, a capacidade de usar a imaginação para símbolos matemáticos e números, da mesma forma que usava com a música ou a leitura. E aquela curta expressão matemática tinha um peso impossível de ignorar.

Eu não havia visitado a biblioteca desde as férias de verão do ano passado, quando fora tomar emprestado um livro sobre dinossauros, que Raiz precisava para uma tarefa da escola. A seção de matemática ficava na ala leste, em um recinto bem no fundo do segundo andar. Estava silenciosa e deserta, exceto pela minha presença.

Os livros do gabinete do Professor estavam todos sujos pela manipulação, ou com páginas dobradas, ou com detritos presos entre as folhas. O Professor deixara em todos eles algum vestígio de uso. Entretanto, os livros da biblioteca eram tão bem conservados que tinham um ar soberbo e pouco acolhedor. Pensei que deve haver muitos livros de matemática que passam a vida inteira sem serem folheados por ninguém.

Eu tirei a folha de papel da minha carteira.

$$e^{\pi i} + 1 = 0$$

Era a mesma caligrafia de sempre do Professor. Um pouco arredondada, com alguns pontos meio apagados, sem causar, porém, impressão de desleixo. Ao contrário, revelava até algum capricho, na grafia dos símbolos e no contorno do zero. Escrita um pouco acima da metade do papel, em caracteres pequenos em relação ao tamanho da folha, a expressão tinha um ar modesto.

Prestando atenção, era uma expressão peculiar. Curiosamente desequilibrada, se comparada com as poucas expressões matemáticas que eu conhecia, como a da área de um quadrilátero, um produto da largura vezes o comprimento; ou da propriedade do triângulo retângulo, onde o quadrado da hipotenusa é a soma dos quadrados dos catetos. E muito simples, composta de apenas dois números, zero e um, e uma conta de somar. O símbolo inicial mais parecia uma cabeçorra. O zero na outra extremidade suportava essa cabeçorra.

Eu viera com a intenção de pesquisar essa expressão, mas não tinha a mínima ideia de onde deveria começar. Sem saber o que fazer, puxei alguns livros ao alcance da mão e os folheei ao acaso.

Encontrei apenas matemática, em todos eles. Eu achava inacreditável que pessoas iguais a mim fossem capazes de encontrar alguma utilidade naqueles livros. Cada uma daquelas páginas poderia estar descrevendo o misterioso projeto do Universo. Poderiam ser cópias da caderneta de Deus.

Da forma como imagino, o Criador do Universo está em algum lugar nos confins do firmamento, tecendo uma renda. O fio utilizado é de uma qualidade extraordinária, deixa passar qualquer raio de luz, por mais tênue que seja. O padrão da renda está guardado na cabeça do Autor e de mais ninguém. Ninguém pode usurpá-lo nem prever como será o próximo padrão que irá surgir. As agulhas de tricô se agitam sem parar. A renda se estende infinitamente, ondulando, balançando ao vento. É irresistível o impulso de tomá-la nas mãos, de admirá-la contra a luz. De encostar o rosto nela, com os olhos marejados em um instante de êxtase. E de tentar reproduzir, de alguma forma, este padrão em palavras humanas. Capturar um pequeno pedaço dela, por mais ínfimo que seja, e trazê-lo consigo de volta ao mundo.

Despertou-me a atenção um livro sobre o último teorema de Fermat. O conteúdo era mais histórico que propriamente matemático e, assim, mesmo eu conseguia, até certo ponto, entendê-lo. Eu sabia que o último teorema de Fermat era um problema difícil, que continuava sem solução. Mas fiquei surpresa ao descobrir que ele podia ser formulado em termos simples.

"Considerando que n seja um número natural igual ou superior a 3, não existe solução para a expressão
$$X^n + Y^n = Z^n$$
em que X, Y e Z são números naturais."

— Mas é só isso? — quase murmurei sem querer.

Devia haver uma infinidade de números naturais que satisfizesse essa expressão, foi o que pensei. Se *n* fosse 2, teríamos então, sem tirar nem pôr, o teorema de Pitágoras.

Será que essa ordem seria destruída só porque n cresceu uma unidade? Pelo que depreendi da rápida leitura em pé, não fora nenhuma tese brilhante que dera origem a esse teorema. Ele nascera de um rabisco apressado de Fermat, que deixara de prová-lo pelo simples motivo de que lhe faltara espaço na folha em que escrevia. Desde então, diversos gênios se lançaram ao desafio de chegar à demonstração perfeita, objetivo primordial da matemática, mas todos eles foram rechaçados. Um pequeno capricho de um homem levara os matemáticos ao desespero por três séculos. Era de causar dó.

Refleti sobre a espessura da caderneta de Deus e da fabulosa perfeição da renda por Ele tecida. Por mais que o homem procure imitá-lo, tecendo sua renda com todo cuidado, ponto por ponto, um pequeno descuido já põe a perder o ponto seguinte. E, quando ele se satisfaz por ter atingido uma meta, vê surgir imediatamente outros padrões, ainda mais complexos.

O Professor tivera, sem dúvida, pedaços da renda de Deus em suas mãos. Que belos padrões teria ele vislumbrado através desses pedaços? Roguei, em minha alma, para que essa recordação ainda estivesse guardada na memória do Professor.

O terceiro capítulo do livro explicava que o último teorema de Fermat tinha implicações muito importantes para os fundamentos da teoria dos números. Não se tratava, pois, de um simples quebra-cabeça para alimentar a curiosidade dos fanáticos por matemática. Na metade desse mesmo capítulo, encontrei a mesma fórmula que o Professor escrevera. Eu folheava por acaso as páginas, mas não deixei escapar essa linha quando a vi de repente, de canto de olho. Comparei a fórmula do livro com a do pedaço de papel. Não havia dúvida. Ela se chamava fórmula de Euler.

Descobri seu nome com facilidade, mas entender seu significado era bem mais complicado. Li e reli diversas vezes as páginas referentes àquela fórmula, em pé entre as estantes da biblioteca. As passagens particularmente complexas li em voz alta, como me ensinara o Professor. Por sorte, eu continuava sozinha na seção de matemática e, assim, não perturbei ninguém. Escutei atenta a minha própria voz sendo tragada por entre as estantes de livros.

Eu sabia o que significava o π, a constante da circunferência. E o Professor já me ensinara a respeito do *i*, um número imaginário, raiz quadrada de -1. O que estava me dando trabalho era o *e*. Era um número irracional e não periódico, assim como o π, e ao que parece uma das constantes mais importantes da matemática.

Era preciso entender, em primeiro lugar, o que é um logaritmo. Logaritmo é o valor do expoente a que se eleva uma constante, para se obter um número desejado. A propósito, a constante é denominada "base". Por exemplo, tomando-se o número 10 por base, o logaritmo de 100 ($\log_{10} 100$) seria 2, uma vez que $100 = 10^2$.

A utilização da base 10 é conveniente no sistema decimal que costumamos usar. Por isso, o logaritmo nessa base é denominado "logaritmo comum". Entretanto, aparentemente na teoria matemática o logaritmo de base *e* também tem aplicações infindáveis. Esse logaritmo é denominado "logaritmo natural". Neste caso, buscamos o expoente ao qual o número *e* deve ser elevado para se chegar a um dado número. Resumindo, o *e* é a "base do logaritmo natural".

E agora, voltando ao número *e*, segundo os cálculos de Euler,

e = 2,71828182845904523536028...

e continua assim por diante, indefinidamente. A fórmula para calcular esse número é bastante clara, perto da complexidade deste assunto:

$$e = 1 + \frac{1}{1} + \frac{1}{1 \times 2} + \frac{1}{1 \times 2 \times 3} + \frac{1}{1 \times 2 \times 3 \times 4} + \ldots$$

Mas eu achei que essa clareza até contribuía para adensar ainda mais o segredo do *e*.

Para começo de conversa, chamam esse logaritmo de "natural," mas o que há de natural nele? Me parece bastante antinatural tomar por base um número que só pode ser representado por um símbolo, que extrapola até a maior das folhas de papel, e cujo final jamais poderá ser alcançado.

Aquela fila infindável de números desordenados, como formigas marchando a esmo ou blocos de madeira empilhados de qualquer jeito por uma criança, possui na verdade um sentido bem definido — como conviver com uma coisa dessas? Os desígnios de Deus são insondáveis. E, além disso, um homem foi capaz de detectar esses desígnios com perfeição. O trabalho que ele teve, porém, não foi ainda devidamente reconhecido pelo restante da humanidade.

Eu dei um descanso à minha mão entorpecida pelo peso do livro, antes de voltar a folhear suas páginas. Dediquei meu pensamento por alguns momentos a Leonhard Euler, segundo dizem, o maior matemático do século XVIII. Nada sabia a seu respeito, mas senti que através dessa única expressão matemática eu me aproximara tanto dele que poderia tocá-lo. Euler criara uma fórmula matemática a partir de um conceito absolutamente antinatural. Descobrira uma ligação natural entre números que, aparentemente, não guardavam nenhuma relação.

Multiplicar π por *i*, elevar *e* à potência desse produto e somar 1 ao resultado e obter 0!

Examinei outra vez o papel escrito pelo Professor. Um número que se repete a perder de vista e outro número nebuloso, que nunca se revela por inteiro, desenham um lugar geométrico conciso e convergem a um ponto. Não há nenhuma circunferência à vista, mas ainda assim o π surge inesperadamente do espaço para pousar junto ao *e*, e cumprimenta o tímido *i* com um aperto de mão. Todos juntos, eles ficam recolhidos em silêncio, mas no momento em que um ser humano lhes adiciona apenas 1, o mundo se transforma sem nenhum aviso prévio. E o 0 os envolve por inteiro.

A fórmula de Euler era um cometa a brilhar nas trevas. Um verso de poema gravado nas paredes de uma caverna escura. Comovida por essa beleza, eu guardei a folha de papel novamente na carteira.

Antes de descer a escadaria da biblioteca, eu me voltei por um instante para trás, mas o setor de matemática continuava sem sombra de gente. Permanecia silencioso, sem que ninguém percebesse quanta beleza ali se escondia.

Fui à biblioteca também no dia seguinte. Queria pesquisar mais um assunto, que havia tempo me intrigava. Busquei o ano de 1975 nas edições antigas encadernadas do jornal regional, e fui folheando pacientemente a volumosa encadernação, página por página. A reportagem que procurava estava na edição de 24 de setembro de 1975.

Às 16h10 da tarde do dia 23, uma caminhonete pertencente à empresa de transportes X, dirigida pelo motorista Y (28) cruzou a faixa central da Rodovia Nacional 2 no 3º distrito do bairro Z, e colidiu de frente com o carro de passeio dirigido pelo professor XX (47), do Instituto de Pesquisas Matemáticas da Universidade YY. O professor sofreu uma forte concussão cerebral e se encontra em estado grave. Sua cunhada ZZ (55 anos) que se achava no assento ao lado também se feriu gravemente, fraturando a perna esquerda. O motorista da caminhonete apresentava ferimentos leves no rosto e em outras partes do corpo. Ele está sendo interrogado pela polícia, por suspeita de ter dormido ao volante...

Eu fechei o volume. O ruído produzido pela bengala da viúva soava na minha mente.

Desde então, eu guardo este papel escrito pelo Professor na carteira. Não o descartei, nem mesmo depois de o retrato de Raiz ter perdido a cor. A fórmula de Euler se tornou para mim esteio, advertência, tesouro e recordação.

Por que teria o Professor escrito essa expressão naquela hora? Penso muito sobre isso. O Professor acabou com a discussão entre mim e a viúva apenas rabiscando uma expressão matemática. Não elevou o tom da sua voz nem nos intimidou batendo na mesa. E assim conseguiu que eu retornasse ao serviço de empregada doméstica, e retomou a convivência com Raiz. Teria ele planejado desde o começo esse resultado? Ou teria sido apenas o resultado da confusão, uma ação do momento, destituída de sentido mais profundo?

Uma coisa, porém, era certa: sua preocupação maior fora com Raiz. O Professor temera que o menino se sentisse culpado pela discussão que envolvia sua mãe, e se magoasse por isso. Assim, fora ao seu socorro, daquela sua maneira peculiar, a única de que dispunha.

Mesmo agora, quando me recordo, não encontro palavras para a pureza do amor que o Professor sentia pelas crianças. Uma pureza tão eternamente verdadeira quanto a fórmula de Euler.

Em qualquer circunstância, o Professor buscava proteger Raiz. Por mais que ele mesmo estivesse em uma situação difícil, sempre acreditava que Raiz precisava de mais cuidados que ele e considerava seu dever atendê-lo. Cumprir esse dever era sua maior alegria.

O carinho do Professor nem sempre se revelava por ações concretas. Muitas vezes, era invisível. Mas Raiz jamais deixou de senti-lo. Nunca o recebia com indiferença, como algo simplesmente devido, nem o deixava passar despercebido. Tinha consciência de que essa dádiva do Professor era preciosa e sagrada. Fiquei surpresa, sem saber onde meu filho havia adquirido tal capacidade.

O Professor me repreendia com mau humor quando havia mais comida em seu prato do que no do menino. Fosse bife, filé de peixe ou melancia, e seguia fielmente o princípio de que a melhor parte devia pertencer a quem tivesse a menor idade. Até mesmo quando a solução de um problema proposto em um concurso se aproximava do ponto crucial, ele reservava um tempo ilimitado a Raiz. Alegrava-se com qualquer pergunta que o menino lhe fizesse. Acreditava que problemas muito mais sérios que os dos adultos afligiam as crianças. Não se limitava apenas a mostrar a solução correta às questões, mas conseguia incutir orgulho em quem as trouxera. Raiz ficava extasiado, não só pela perfeição da solução à qual chegara, instruído pelo Professor, mas também por sentir que fizera uma pergunta brilhante. Ele também revelava uma percepção fora de série para acompanhar a saúde de Raiz. Antecipou-se a mim em descobrir que meu filho tinha um cílio inflamado ou que nascera um furúnculo junto à sua orelha. Não precisava, para tanto, examiná-lo minuciosamente nem tocá-lo com as mãos. Bastava ver o menino diante dele para detectar de pronto o que exigia atenção. E ainda vinha avisar-me em segredo, para não assustá-lo.

Lembro-me ainda hoje da sua voz cochichando às minhas costas, enquanto eu lavava louça na pia da cozinha.

— Não seria melhor tratar aquele furúnculo?

Ele falava como se o mundo fosse acabar.

— Ele pode crescer rapidamente, porque o metabolismo nas crianças é intenso, e aí atingir as glândulas linfáticas, ou até fechar a traqueia!

Quando se tratava da saúde de Raiz, as preocupações do Professor se exacerbavam ao máximo.

— Vou extirpá-lo com uma agulha, então —- respondi despreocupada, mas isso acendeu sua ira.

— E se infeccionar?

— Não há perigo, é só esterilizar a agulha na chama do fogão.

Eu falava assim para provocá-lo intencionalmente, porque me divertia ao ver suas aflições atingindo as raias do absurdo. Mas não só por isso. Eu ficava feliz ao ver que ele se preocupava conosco.

— Nada disso! Os micróbios proliferam por toda a parte. Se eles entrarem pelos vasos sanguíneos e atingirem o cérebro, então, estamos perdidos!

Ele não sossegou enquanto eu não lhe disse:

— Sim senhor, entendi, vou levá-lo ao hospital.

O Professor tratava meu filho como se fosse um número primo. Para ele, as crianças eram indispensáveis a nós, adultos, da mesma forma que os números primos constituíam a base de todos os números naturais. Acreditava que era graças às crianças que ele existia naquele momento.

Volta e meia, eu tiro o papel escrito pelo Professor da carteira para olhá-lo. Nas noites de insônia, nas tardes de solidão, e também quando sinto meus olhos marejados de saudade das pessoas que me foram caras. Nessas horas, me curvo diante da grandiosidade daquela única linha.

8

Até mesmo no dia do *Tanabata*, os Tigers perderam do Taiyo por 1 a 0, acumulando com isso sete derrotas sucessivas. Apesar da ausência de um mês inteiro, logo retomei a rotina do serviço. A sequela no cérebro do Professor era uma grande desgraça, mas o fato de que os ressentimentos logo desapareciam da sua memória dava algum consolo. Para ele, não restava sequer vestígio das confusões causadas pela viúva.

Eu transferi os lembretes para o terno de verão que ele passaria a vestir, tomando todo o cuidado para conservar suas posições. Refiz também os lembretes meio rasgados ou apagados.

Dentro do envelope na segunda gaveta da mesa, de baixo para cima

Teoria das Funções, 2ª edição, pgs. 315-372, e Comentários sobre a Função Hiperbólica, vol. IV, caps. 1 a 17

Remédio na lata de chá no canto esquerdo da porta do armário da cozinha — tomar após as refeições

Lâminas de barbear novas ao lado do espelho da pia do lavatório

Agradecer a $\sqrt{}$ pelo bolo!

Alguns lembretes me pareciam já desnecessários (fazia um mês que Raiz assara um bolo na aula de educação doméstica e levara um pedaço para o Professor), mas não tomei a liberdade de eliminá-los. Tratei todos da mesma forma, sem distinção.

Ao ler os lembretes, percebi que o Professor era muito mais cuidadoso nos tratos da sua vida diária do que parecia, e que, além disso, detestava que percebessem esse cuidado. Procedi com a máxima destreza para terminar logo o trabalho, deixando a bisbilhotice de lado. Quando encerrei, o terno de verão, já com todos os lembretes, pareceu assumir a posição de sentido, pronto para entrar em campo.

O Professor se achava às voltas com um problema de rara complexidade. O *Journal of Mathematics* estava concedendo o maior prêmio da história da revista a quem o resolvesse. O Professor, porém, nunca ligava para o dinheiro, era atraído somente pelos problemas colocados. As remessas postais de dinheiro efetuadas pela revista costumavam ficar largadas à porta de entrada ou sobre as mesas de telefone e jantar, em seus envelopes ainda lacrados. Eu me oferecia para descontá-las nos postos de correio, mas ele nunca respondia direito, então eu acabava entregando-os à viúva, através da agência.

Para se ter uma ideia da complexidade do problema, bastava observar o Professor. Sua concentração atingia o ponto de saturação. Depois que ele entrava no gabinete, eu não escutava mais som algum. Isso chegava a me afligir. Teria derretido de tanto pensar? Mas então, de repente, esse silêncio era rompido pelo ruído do lápis riscando o papel. O som do grafite sobre o papel me tranquilizava. Provava que ele continuava vivo e que avançara, ao menos um pouco, rumo à solução.

Eu me perguntei algumas vezes como o Professor conseguia manter um raciocínio contínuo sobre um problema, se ao despertar todos os dias era obrigado a tomar consciência da sua terrível enfermidade. Isso me intrigava. Porém, mesmo antes de 1975, quando sofreu o acidente, ele jamais conhecera outra atividade a não ser a pesquisa. Assim, ele se punha quase instintivamente à escrivaninha e se concentrava no problema que encontrava à sua frente. Para compensar a memória perdida dos progressos feitos até o dia anterior, vinham em seu auxílio um simples e despretensioso caderno e os lembretes que lhe cobriam o corpo todo, como um casulo de seda.

Mas, em meio ao seu estado de concentração, ele surgiu de repente à minha frente enquanto eu preparava o jantar. Em momentos como esse, ele não costumava se aproximar de mim. Nem sequer me olhava. Além do mais, eu não ouvira seus passos nem o rangido da porta do gabinete, então fiquei muito surpresa.

Deveria puxar conversa? Não seria repreendida por isso? Sem saber, permaneci calada por algum tempo, extraindo sementes do pimentão e descascando cebolas, enquanto o observava de soslaio. O Professor se apoiou no balcão entre a cozinha e a sala, cruzou os braços e ficou observando atento o trabalho das minhas mãos. Era difícil me concentrar sendo observada daquele jeito. Eu peguei alguns ovos da geladeira e comecei a preparar uma omelete.

— O senhor precisa de alguma coisa? — perguntei, sem conseguir me conter.

— Continue, continue.

Fiquei aliviada com o tom amável da resposta.

— Eu gosto de vê-la trabalhando na cozinha — disse ele.

Parti os ovos em uma tigela e os misturei com um hashi. "Eu gosto", ele dissera. Isso me ficou no fundo dos ouvidos, reverberando feito um eco. Para apagá-lo, procurei esvaziar a cabeça e me concentrar nos ovos. Eles já estavam batidos à perfeição, mas continuei agitando o hashi. Não sabia por que o Professor se pusera a dizer coisas como essas. O problema devia ser tão complexo que a cabeça dele tinha entrado em curto-circuito, só podia ser isso. O cansaço me fez, por fim, parar com o hashi.

— E agora, o que vai fazer?

A voz do Professor soou calma.

— Bem... Vamos ver, agora... Ah, sim, vou fritar o filé de porco.

A aparição do Professor tinha confundido todos os meus planos.

— Não vai fritar o ovo?

— É melhor deixá-lo repousando, assim pega mais gosto.

Raiz não estava em casa, fora brincar no parque. No quintal, o sol poente repartia o arvoredo em sombra e luz. Não havia brisa, e a cortina na janela aberta estava completamente imóvel. O Professor me dirigia aquele mesmo olhar que tinha quando pensava. Um olhar perdido e distante, muito embora estivesse focado em um ponto próximo. O negro das pupilas ficava tão intenso que parecia transparente, e cada fio dos seus cílios estremecia quando respirava. Eu passei farinha nos filés e os estendi na panela.

— Por que você muda os filés de lugar, na panela?

— Eles não cozinham do mesmo jeito se estão no canto ou no centro da panela. Então é preciso trocá-los de lugar para que cozinhem por igual.

— Mas é claro! Eles se revezam para não tomar para si o melhor lugar!

Diante da complexidade do problema de matemática que ele tinha em mãos, fritar filés não era grande coisa. Mas ele balançava a cabeça como se tivesse feito uma descoberta excepcional. Um odor apetitoso pairava no ar entre nós dois.

A seguir, eu piquei o pimentão e a cebola para a salada, fiz um molho com o azeite de oliva e fritei os ovos batidos. Eu pretendia misturar, à socapa, cenoura ralada ao molho, mas não foi possível, pois estava sendo observada. O Professor parou de puxar conversa. Ele conteve a respiração quando me viu cortar o limão em fatias em forma de flor. Espichou o corpo sobre o balcão para observar o vinagre misturar-se ao óleo e formar uma combinação leitosa. E, por fim, suspirou quando eu coloquei as omeletes fumegantes lado a lado sobre o balcão.

— Então — eu acabei perguntando —, o que achou de tão interessante? É só uma receita trivial.

— Eu gosto de vê-la trabalhando na cozinha.

Ele me devolveu a mesma resposta de antes. Depois, descruzou os braços, lançou um olhar para fora da janela, verificou a posição da primeira estrela vespertina e retornou ao gabinete, tão silenciosamente quanto viera. O sol poente iluminou suas costas.

Eu passei os olhos pelas palmas das mãos e pelos pratos prontos: bifes de porco *sauté* enfeitados com fatias de limão, uma salada crua e omeletes, fofos e amarelos. Examinei-os um a um. Eram pratos corriqueiros, mas pareciam apetitosos. Pratos que nos traiam felicidade ao fim de um dia. Olhei outra vez as palmas das minhas mãos. Uma satisfação, imensa e tola, tomou conta de mim, como se eu tivesse realizado algo grandioso, comparável à demonstração do teorema final de Fermat.

A estação das chuvas findara, a escola primária já entrara em férias, as Olimpíadas de Barcelona começaram, mas

O Professor continuava às voltas com o concurso do *Journal of Mathematics*. Eu aguardava ansiosa o dia em que ele me pediria para enviar à revista a demonstração perfeitamente acabada do problema, mas estava tardando.

Fazia calor todos os dias. Na edícula não havia ar-condicionado e a ventilação era deficiente. Nós três suportávamos sem reclamar, mas ninguém superava o Professor em paciência. Mesmo nas tardes em que a temperatura ultrapassava os 35 °C, ele deixava a porta do gabinete bem fechada e permanecia sentado diante da escrivaninha o dia todo, sem sequer tirar o paletó. Quem sabe ele temesse que, tirando o paletó, iria destruir tudo o que realizara até então. Seu caderno estava enrugado, molhado pelo suor, e as juntas do seu corpo se cobriam de brotoejas. Causava pena vê-lo assim. Quando eu tentava lhe levar o ventilador, sugerir que tomasse um banho de água fria, ou induzi-lo a tomar mais chá de cevada gelado, era enxotada do gabinete por perturbá-lo.

Depois que as férias escolares começaram, Raiz passou a vir comigo todas as manhãs. Não me parecia prudente deixar meu filho na edícula por muito tempo, por causa das desavenças de antes, mas o Professor se mostrou irredutível. Ele, que parecia não saber muita coisa fora da matemática, por alguma razão sabia muito bem que os estudantes das escolas primárias tinham um longo período de férias, e se mantinha firme na sua convicção de que crianças deviam estar sempre ao alcance da vista das mães. Entretanto, Raiz quase não parava quieto. Ia para o parque jogar beisebol com os amigos sem ligar para os deveres de casa, e durante a tarde ia nadar na piscina da escola.

A demonstração final foi concluída em 31 de julho, uma sexta-feira. O Professor me entregou os originais com indiferença, sem se mostrar particularmente excitado nem cansado. O dia seguinte era um sábado, e por isso eu corri afobada até o correio, fazendo questão de enviá-los naquele mesmo dia. Ao confirmar com meus próprios olhos que o envelope recebia o carimbo de correspondência expressa, fui assaltada por uma enorme alegria e voltei para casa passeando distraída pelo caminho. Parei para comprar novas roupas de baixo para o Professor, um sabonete perfumado, sorvete, geleia e doce de feijão.

Voltei à edícula e encontrei o Professor de volta ao seu estado original. Um Professor que não me conhecia. Eu consultei meu relógio de pulso. Havia decorrido uma hora e dez minutos desde que eu saíra.

Até então, os oitenta minutos do Professor nunca haviam falhado. Esses minutos contados pelo seu cérebro eram cruéis e mais precisos que um relógio.

Eu sacudi meu relógio de pulso e o aproximei do ouvido para checar se estava funcionando bem.

— Quanto você pesava ao nascer? — perguntou o Professor.

Pouco depois do começo de agosto, Raiz foi acampar por quatro noites e cinco dias. Ele aguardara ansioso esse acampamento para crianças maiores de dez anos. Era a primeira vez desde que nascera que ele se afastava de casa sozinho, mas não se mostrou triste. Na plataforma de embarque do ônibus que os levaria, diversas mães se despediam de seus filhos, transmitindo-lhes instruções minuciosas até o último momento. A excitação estava no ar. Eu não fazia exceção à regra. Tinha muito a recomendar a Raiz: vestir o blusão se fizer frio, não perder o cartão do seguro de saúde, mas ele não prestou atenção alguma ao que eu dizia, e foi o primeiro a embarcar, assim que o ônibus chegou. Por último, quase por obrigação, agitou a mão da janela para me dar tchau.

Na primeira noite após a partida de Raiz, não tive ânimo para regressar cedo ao meu solitário apartamento. Por isso, alonguei-me um pouco no serviço após o jantar, mesmo sem nada para fazer.

— Quer que lhe descasque uma fruta?

O Professor, deitado na espreguiçadeira, voltou o rosto para mim.

— Faria esse favor?

Ainda havia tempo até o sol se pôr, mas as nuvens começavam a ficar mais espessas. O jardim, onde as sombras do entardecer se fundiam com a luz do sol poente, parecia envolvido em papel celofane lilás. Uma leve brisa também começou a soprar. Eu lhe servi uma fatia de melão e sentei-me ao lado da espreguiçadeira.

— Coma você também.

— Muito obrigada. Não se preocupe comigo.

O Professor amassava a fruta com as costas do garfo para comer, fazendo espirrar suco por todos os lados.

Sem Raiz para ligar o rádio, a casa estava silenciosa. Também não se ouvia ruído algum vindo da casa principal. Uma cigarra chiou uma única vez, e tudo voltou ao silêncio.

— Coma pelo menos um pouquinho.

O Professor quis me estender o último pedaço.

— Não, obrigada. Coma o senhor, por favor.

Eu enxuguei os cantos da sua boca com um lenço.

— Hoje também fez muito calor, não?

— É verdade.

— Não deixe de passar a pomada contra brotoejas que está no banheiro, está bem?

— Talvez. Se não me esquecer...
— Dizem que o calor será ainda mais forte amanhã.
— O verão vai passando, enquanto nós reclamamos do calor...

De repente, o arvoredo se agitou, e num instante o ambiente escureceu. Os parcos vestígios de luminosidade que ainda restavam no horizonte distante haviam sido engolidos pelas trevas. Um trovão ribombou em algum lugar.

— Um trovão! — exclamamos ao mesmo tempo o Professor e eu.

E, em seguida, começou a chover. Uma chuva forte, de gotas imensas, tão grandes que dava para ver a forma de cada uma delas. O ruído da chuva no telhado reboava por todo o recinto. Levantei-me para fechar a janela, mas o Professor me interrompeu:

— Ora, deixe como está. É mais agradável assim.

A cortina se agitava e a chuva entrava para molhar os nossos pés descalços. De fato, era um frescor agradável. Já não havia mais sinal do sol. A claridade fosca da luz da cozinha, que eu esquecera acesa, iluminava o jardim. Os passarinhos escondidos entre a folhagem voaram para longe, os ramos emaranhados pendiam frouxos, a chuva ia encobrindo tudo o que víamos. Eu podia sentir o cheiro da terra úmida. Pouco a pouco, os trovões se aproximavam de nós.

Fiquei preocupada com meu filho. Será que ele descobriu onde eu guardei a capa de chuva? Devia ter mandado um par de tênis adicional, para trocar... Será que ele não está comendo demais, por empolgação? Espero que não durma com os cabelos molhados e apanhe uma gripe...

— Será que está chovendo nas montanhas? — eu perguntei.

— Hum... Não dá mais para ver as montanhas, está escuro. — O Professor apertou os olhos. — Talvez esteja na hora de encomendar óculos novos.

— Aqueles trovões não estão caindo nas montanhas?

— Por que se preocupa tanto com as montanhas?

— É porque meu filho foi acampar lá.

— Seu filho?

— Sim. Tem dez anos. É um menino travesso que gosta de beisebol. O senhor lhe deu o apelido de Raiz, porque ele tem a cabeça chata.

Eu repeti as mesmas explicações que já dissera incontáveis vezes. Mas havíamos combinado, eu e o menino, de jamais demonstrarmos aborrecimento, por mais que o Professor viesse com as mesmas perguntas e por mais que lhe déssemos as mesmas respostas.

— Ah, é? Você tem um filho. Isso é muito bom.

Isso também se repetia sempre. Quando Raiz surgia na conversa, as feições do Professor se iluminavam de pronto.

— Uma criança acampando no verão. Que coisa maravilhosa! É um símbolo de paz e saúde!

O Professor se recostou na almofada e se espreguiçou. Seu hálito ainda tinha cheiro de melão.

Um relâmpago correu pelos ares, seguido por um trovão mais forte que os anteriores. Sua luz varou o céu sem ser obstruída pela chuva ou pela escuridão. Sua bela forma continuou gravada em meus olhos depois que ele se apagou.

— Esse aí acertou o chão, com certeza, não foi? — eu disse.

O Professor respondeu apenas com um grunhido. Os respingos da chuva molhavam o assoalho. Arregacei as barras das suas calças para que não se molhassem. Ele reagiu esfregando as pernas, como se sentisse cócegas.

— Os raios atingem sobretudo os lugares mais altos, então a montanha é mais perigosa do que as planícies, não é?

Eu acreditava que o Professor soubesse mais sobre raios que eu, pois a matemática faz parte do ramo das ciências exatas, mas pelo jeito eu estava enganada.

— A primeira estrela vespertina de hoje apareceu borrada. Quando isso acontece, o tempo costuma piorar.

A resposta do Professor nada tinha de rigor matemático. Enquanto isso, a chuva ficava cada vez mais forte, os relâmpagos caíam sem parar e as trovoadas sacudiam os vidros da janela.

— Estou preocupada com Raiz.

— Eu li em algum livro que se preocupar com os filhos é a maior atribulação dos pais.

— Talvez a bagagem dele esteja completamente encharcada, e ele não saiba o que fazer. E ainda restam mais quatro dias de acampamento!

— É só uma chuva passageira. Amanhã, quando o sol surgir e fizer calor, tudo vai secar.

— E se Raiz tiver sido atingido por um raio?

— Creio que essa possibilidade seja bastante pequena.

— E se um raio tiver atingido diretamente o boné dos Tigers... O senhor sabe, a cabeça dele é peculiar. É achatada, parece com o símbolo matemático da raiz. É uma cabeça inimitável, que só ele tem. Não seria de estranhar se um raio se encantasse com ela...

— Que nada, o perigo seria muito maior se ele tivesse uma cabeça pontuda. O relâmpago poderia confundi-lo com um para-raios.

O Professor, sempre aflito com Raiz, era quem me tranquilizava desta vez. Um golpe de vento forte vergou o arvoredo. Quanto mais intensa ficava a tempestade, maior a paz que preenchia a edícula. Uma luz se acendeu na casa principal, em um quarto do segundo andar.

— Quando Raiz não está, parece que meu coração fica vazio — eu disse.

— "Vazio" seria, quem sabe, como o zero? — murmurou o Professor, como se falasse consigo mesmo. — Ou seja, você tem um zero no coração.

— Sim, talvez seja... — eu concordei, incerta.

— Quem descobriu o zero foi um grande homem, você não acha?

— Mas o zero não existia desde sempre?

— Desde sempre? Quando é isso?

— Bom, acho que uma coisa assim sem graça como o zero já existia por toda a parte, desde antes de o homem surgir.

— Então você acredita que quando o homem surgiu ele já encontrou o zero diante de seus olhos, assim como as flores e as estrelas? Que ele colheu sua beleza sem esforço nenhum? Ora, mas que engano! Você devia ser muito mais grata à grandeza do progresso da humanidade. Pode ter quanta gratidão quiser, que nunca vai ser demais. Não te fará mal algum.

O Professor ergueu as costas da espreguiçadeira e revolveu os cabelos. Parecia lamentar do fundo da alma o meu engano. Fiquei preocupada que as caspas fossem cair sobre o prato do melão, e o empurrei apressadamente para baixo da minha cadeira.

— Então, afinal, quem foi que o descobriu?

— Um matemático indiano desconhecido. Ele resgatou textos de matemática grega que estavam sendo lançados ao forno, durante distúrbios provocados por pagãos. Ressuscitou teoremas perdidos e, mais que isso, estabeleceu novas verdades. Os matemáticos da Grécia Antiga não viam necessidade nenhuma em contar algo que não existe. Como exprimir com um algarismo o que não existe? Eles achavam que isso era impossível. Mas este homem virou do avesso essa lógica, bastante razoável. Representou o nada com um símbolo. Trouxe à existência o inexistente. Não é maravilhoso?

— Sim, com certeza.

Eu não estava entendendo muito bem por que a preocupação por meu filho dera lugar de repente ao matemático indiano, mas concordei. Por experiência própria, já aprendera que sempre havia algo de maravilhoso nas coisas que o Professor explicava entusiasmado.

— Um grande mestre indiano descobriu o zero, que Deus havia escrito em uma página do seu caderno, e graças a isso novas páginas ainda fechadas puderam ser abertas, não é isso?

— Isso mesmo! Precisamente, isso mesmo. Você aprende muito rápido. Deixa a desejar em gratidão, mas tem coragem suficiente para enxergar a matemática como um todo. Agora, veja isto aqui.

O Professor extraiu lápis e papel do bolso do peito, como já o vira fazer diversas vezes. Era o movimento em que ele mostrava maior elegância.

— O que nos permite distinguir estes dois números é o zero.

Apoiado no braço da espreguiçadeira, o Professor escrevera os números 38 e 308. O "0" estava sublinhado com um traço duplo.

— O 38 é composto de três "10" e oito "1". O 308 são três "100", zero "10", e oito "1". A casa pertencente a "10" está vazia. O "0" simboliza esse vazio, entende?

— Sim.

— Muito bem. Agora, vamos supor que temos aqui uma régua. Uma régua de madeira de trinta centímetros, graduada em milímetros. A cada centímetro, e a cada cinco centímetros, a marcação é mais pronunciada. O que a régua mostra na ponta esquerda?

— O "0".

— Correto. Ah, começamos a progredir. A graduação começa com um "0" na extremidade esquerda. Então, se ajustarmos o "0" à extremidade daquilo que queremos medir, saberemos automaticamente o comprimento procurado. Mas e se a régua começasse em "1"? Aí a situação se complicaria. Portanto, se nós podemos utilizar a régua com confiança, é graças ao "0".

A chuva continuava caindo. Uma sirene soou em algum lugar, mas foi logo encoberta por um trovão.

— O mais assombroso é que o "0" não é apenas um símbolo ou uma referência, mas um número autêntico. Um número inferior, por uma unidade, ao menor dos números naturais, isso é o "0". A integridade das regras de cálculo não foi afetada em absoluto por sua aparição. Muito pelo contrário, a sua presença reforça a inexistência de contradições, e fortalece as regras. Imagine agora: há um passarinho pousado em um galho. Um passarinho que canta com uma voz maviosa. Tem um bico adorável, e lindas asas enfeitadas. Ele atrai nosso olhar e, sem querer, deixamos escapar um suspiro. Nesse instante, o passarinho voa para longe. Não há mais vestígio dele no galho onde estava pousado. Apenas as folhas secas balançam.

O Professor apontou a escuridão do jardim, como se o passarinho tivesse, de fato, voado naquele instante.

— "$1 - 1 = 0$". Não é lindo?

O Professor se voltou para mim. Um trovão ribombou mais forte, estremecendo o solo. A luz da casa principal piscou, e tudo se apagou de repente. Eu agarrei a manga do seu paletó.

— Tudo bem. Pode ficar tranquila. O símbolo da raiz é resistente. Ele protege todos os números — disse o Professor, afagando minha mão.

Raiz voltou no dia previsto. Trouxe de presente um pequeno enfeite: um coelho adormecido, feito de frutos do carvalho e gravetos. O Professor o colocou sobre sua escrivaninha, com um lembrete pregado na base, onde se lia:

PRESENTE DE RAIZ (FILHO DA SENHORA EMPREGADA)

Perguntei ao meu filho se ele não sofrera com a chuva, mas ele disse que não caíra nem uma gota. Aparentemente, um raio atingira uma nogueira na vizinhança. O calor e o chiado das cigarras retornaram à edícula, e tanto o assoalho como a cortina secaram em um instante.

O que mais preocupava Raiz eram os Tigers. Pelo jeito, ele esperava que o time tivesse saltado para o primeiro lugar em sua ausência, mas as coisas não correram tão bem assim. Pelo contrário, eles perderam dos Swallows e caíram para o quarto lugar.

— O senhor não se esqueceu de torcer por eles enquanto eu não estava, esqueceu?

— Claro que não — respondeu o Professor.

Raiz suspeitava que os Tigers tivessem sido derrotados porque o Professor não havia torcido o suficiente.

— Mas o senhor não sabe ligar o rádio.
— Pois sua mãe me ensinou.
— Verdade?
— Claro que sim. Ela ajustou os botões para eu poder ouvir a transmissão direitinho.
— Não adianta ficar apenas ouvindo, assim a gente não ganha.
— Eu sei disso. Eu torci como nunca. Fiquei rezando o tempo inteiro colado no rádio, para que Enatsu conseguisse um *strikeout*.

O Professor juntava uma desculpa atrás da outra, para tentar se livrar da suspeita.

E assim voltamos à rotina de ouvir o rádio na sala ao entardecer.

Ele ficava em cima da prateleira das louças. Desde que fora consertado pelo eletricista, como prêmio a Raiz por ter resolvido o problema do dever de casa, ele vinha funcionando a contento. Os ruídos, que vez ou outra pioravam, não eram certamente culpa do aparelho, mas da localização da edícula.

O volume ficava baixo até o início da partida noturna. Tão baixo que, lá da cozinha, eu nem mesmo sabia se ele estava de fato ligado, em meio à barulheira dos preparativos para o jantar, o ruído das motocicletas que corriam pela rua, dos monólogos do Professor e dos espirros de Raiz. Só ouvia algum som quando todos estavam quietos. Tocavam várias músicas diferentes, mas todas elas me pareciam familiares, canções que escutara havia muito tempo, e de cujos nomes, por algum motivo, não me recordava.

O Professor lia um livro em seu assento reservado ao lado da janela, a espreguiçadeira. Raiz abria um caderno sobre a mesa de refeições e se punha a rabiscar não sei o quê. O título na capa do caderno, "Formas cúbicas com coeficientes inteiros nº 11", fora riscado com dois traços. O novo título era "Caderno dos Tigers", escrito com a caligrafia de Raiz. Ele ganhara um caderno descartado pelo Professor para registrar, do seu jeito, o desempenho dos Tigers. Assim, as três primeiras páginas continham fórmulas ininteligíveis, e as seguintes, anotações sobre o desempenho de defesa de Nakada ou a eficiência das rebatidas de Shinjo.

Eu trabalhava a massa de farinha para o pão. Tínhamos combinado que o jantar seria à base de pão, como havia muito não fazíamos. Acrescentaríamos queijo, presunto e verduras sobre o pão quentinho para comê-lo.

O sol começava a se pôr, mas o calor parecia não abrandar. Da janela, toda aberta, o que vinha não era um vento fresco e sim um bafo calorento. Talvez a folhagem do arvoredo, tendo recebido todo o calor do sol do dia, estivesse dissipando a temperatura armazenada. A ipomeia plantada em um vaso, que Raiz trouxera da escola, já fechara suas pétalas e se preparava para dormir. E no tronco da árvore mais alta do jardim, uma paulównia, viam-se inúmeras cigarras com as asas em posição de descanso.

A massa do pão recém-fermentado era macia. Dava vontade de deixar os dedos enterrados nela para sempre. A tábua da cozinha e o chão estavam brancos de farinha. Meu rosto se cobria também de farinha a cada vez em que enxugava o suor da testa com o braço.

— Professor! — Raiz chamou por ele sem despregar os olhos do caderno. Estava apenas de camiseta e calção, pois não suportava mais o calor. Acabara de voltar da piscina. Seus cabelos ainda estavam úmidos.

— O que é? — o Professor ergueu o rosto, os óculos escorregando até a ponta do nariz.

— O que significa "bases totais"?
— É o número de bases conquistado em uma rebatida. Um, se for um *single hit*, dois se o rebatedor alcançar a segunda base, três se alcançar a terceira, e se for *home run*, seria...
— Já sei, quatro!
— Não perturbe o trabalho do Professor, menino!

Eu separava a massa com a mão em porções pequenas, modelando bolinhas do mesmo tamanho.

— Eu sei — respondeu Raiz.

No céu, não havia um pedaço de nuvem, o verdor das folhas era ofuscante. Os raios de sol se infiltravam pela ramagem e dançavam sobre o solo.

Raiz contava nos dedos os números do total de bases. Eu acendi o forno. A estática interrompeu por um momento a música do rádio.

— Ei, me diz uma coisa... — disse Raiz.
— O quê? — eu respondi.
— Não é com você, mamãe! — disse ele. — Como eu descubro o índice de rebatidas?
— Basta multiplicar o número de partidas realizadas por 3,1 e desprezar os decimais.
— Não precisa arredondar?
— Não, não precisa. Bem, deixe-me ver...

O Professor fechou o livro e foi para perto de Raiz. Os lembretes em seu corpo resmungavam farfalhando. O Professor se apoiou na mesa com uma mão e pôs a outra sobre o ombro do menino. As sombras dos dois se confundiam. Raiz balançou os pés debaixo da cadeira. Eu pus o pão no forno.

Pouco depois, a música que vinha do rádio prenunciou o início do jogo. O menino estendeu a mão e girou o botão de volume.

— Hoje, não vamos perder de jeito nenhum!
Era o que ele dizia todos os dias.
— Vamos lá! Quem começa? Enatsu? — o Professor tirou os óculos.

Surgia nas nossas mentes o *mound* imaculado que ninguém ainda pisara. A terra, umedecida, estava escura e bem aplainada. Parecia fria.

"Os Tigers na defesa. O arremessador é..."

A voz do anunciador do estádio se apagava sob os gritos da torcida e o ruído da estática. Nós imaginamos o rastro deixado pelas travas do sapato do arremessador, que se encaminhava ao *mound*. O aroma de pão assado começou a preencher a sala.

9

O fim das férias de verão se aproximava quando o Professor teve uma inflamação dentária que lhe inchou visivelmente o rosto. Foi no dia em que os Tigers voltaram ao estádio Koshien após dez vitórias e seis derrotas na temporada de verão, colocando-se em segundo lugar, atrás do líder Yakult, com uma diferença de 2,5 pontos.

Pelo jeito, o Professor vinha suportando em silêncio a inflamação. O fato é que, quando eu percebi o que acontecia, sua bochecha esquerda já estava tão inchada que ele não conseguia sequer abrir a boca. Se ele dedicasse a si mesmo uma fração das atenções dadas ao meu filho, certamente não teria chegado a tal ponto.

Levá-lo ao dentista deu menos trabalho que ao barbeiro ou ao jogo de beisebol. A intensidade da dor era tanta que ele não tinha forças para apresentar as desculpas esfarrapadas de costume. E, mesmo que quisesse, seus lábios já não obedeciam muito bem. Ele trocou a camisa, calçou os sapatos e se pôs docilmente a caminho do dentista, com as costas encurvadas como se quisesse proteger o dente dolorido, debaixo do guarda-sol que eu lhe estendia.

— Você vai me aguardar aqui, não?

Na sala de espera, o Professor se certificava, perguntando-me diversas vezes com a fala mal articulada. Não sei se estava preocupado se eu compreendera bem o que me havia dito, ou se não confiava em mim, mas repetia a mesma pergunta de cinco em cinco minutos, enquanto aguardava sua vez.

— Não vá passear enquanto eu estiver sendo tratado. Fique esperando aqui mesmo, sentada nessa cadeira, está bem?

— Mas claro! Aonde eu iria sem o senhor?

Eu lhe afaguei as costas, querendo aliviar ao menos um pouco a sua dor. Os outros clientes se mantinham todos cabisbaixos, esforçando-se para nos eliminar de suas consciências. Eu sabia muito bem que atitude tomar em ambientes assim pesados. Devia permanecer firme, como o teorema de Pitágoras ou a fórmula de Euler.

— Certeza?

— Sim. Não há com que se preocupar. Estarei aqui esperando o tempo todo.

Sabia muito bem que o Professor não se acalmaria por mais que eu lhe falasse, mas continuei lhe assegurando com as mesmas respostas. Ele se virou para conferir a minha presença até o último instante, quando a porta do consultório se fechou atrás dele.

O tratamento foi mais longo que o esperado. Outros pacientes, que haviam sido chamados para o consultório depois dele, já acertavam o pagamento na caixa e partiam, mas o Professor não aparecia. Imaginei que ele estivesse dando muito trabalho ao dentista, pois não costumava escovar os dentes nem limpar a dentadura. Além disso, não era de esperar que ele estivesse colaborando com o tratamento. Eu me levantava de vez em quando para espiar o consultório pela janelinha da recepção, mas tudo que conseguia ver era o topo da cabeça do Professor.

Enfim ele surgiu de dentro do consultório, manifestamente mal-humorado, muito mais que antes, quando suportava a dor. Estava extenuado e com a testa suada. Fungava a todo momento e beliscava irritado os lábios entorpecidos pela anestesia.

— Está bem? Cansou-se bastante, não é? Bem, vamos indo...

Eu me levantei e quis estender-lhe a mão, mas o Professor passou reto, me ignorando. Nem sequer me olhou, e rejeitou bruscamente a minha mão estendida.

— O que aconteceu?

Minha voz não chegou aos seus ouvidos. Ele largou em desordem os chinelos do consultório, calçou vacilante os sapatos e deixou o recinto. Tratei de pagar o tratamento e saí atrás dele, sem ter tempo de marcar a próxima consulta.

O Professor estava para dobrar a primeira esquina. A direção em que ia não estava errada, mas seguia a passos apressados pelo meio da rua sem ligar para os automóveis nem prestar a devida atenção aos semáforos. Fiquei surpresa ao ver que ele era capaz de caminhar tão rápido assim. Mesmo de costas, sua irritação era clara.

— Me espere, Professor!

Procurei detê-lo erguendo a voz, mas tudo o que consegui foi atrair a curiosidade dos transeuntes. Sob o sol de verão escaldante, o calor era tanto que me estonteava.

Aos poucos, eu também comecei a ficar brava. Não havia razão para essa zanga toda, só porque o tratamento odontológico fora um pouco doloroso. Se deixássemos daquele jeito, haveria de piorar muito mais. Era preciso tratar, cedo ou tarde. Até Raiz suportaria um tratamento como esse. Eu devia tê-lo trazido. Se ele estivesse aqui, o Professor teria um comportamento mais adulto. E eu, que esperei por ele, obediente...

Pois então, faça como quiser, pensei com maldade. Desisti de alcançá-lo, até diminuí meus passos. O Professor continuava sua marcha olhando apenas para a frente, sem se deter com as buzinadas de protesto, desviando-se perigosamente dos postes. Parecia ansioso para chegar logo em casa. Seus cabelos, que eu havia penteado antes de sair, estavam agora desgrenhados, e o paletó, todo amassado. As costas me pareciam menores do que deveriam ser, mesmo a distância. Em alguns momentos, a luminosidade do sol diluía seu vulto, mas os reflexos brilhantes sobre os lembretes não me deixavam perdê-lo de vista. Eles reluziam de forma complexa, como um sinal em código para assinalar a posição do Professor.

De repente, agarrei em um sobressalto o cabo do guarda-sol. Consultei o relógio. Meio incerta, apelei à memória para calcular o tempo decorrido desde a entrada do Professor no consultório e a saída. Dez, vinte, trinta minutos... fui contando, com o dedo no mostrador.

Então corri em direção às costas do Professor. Guiei-me apenas pelos lembretes faiscantes e corri, sem me incomodar com as sandálias que ameaçavam escapar dos meus pés. Os lembretes haviam dobrado uma esquina próxima e estavam prestes a serem tragados pelas sombras da cidade.

Arrumei as edições do *Journal of Mathematics* enquanto o Professor tomava seu banho. Apesar do interesse que ele tinha pelos concursos da revista, não dava atenção aos seus exemplares. Sem nem mesmo folhear suas páginas, a não ser a que trazia o concurso, largava-os espalhados por toda parte. Eu os recolhi e classifiquei-os em ordem cronológica. Depois, conferi os índices e separei apenas aqueles que traziam a solução do Professor como a premiada.

A probabilidade de encontrar o nome do Professor entre as edições era alta. Já no índice, a matéria sobre o vencedor do concurso vinha em destaque, com seu nome em realce dentro de um quadro. Assim, era fácil encontrá-lo. O nome do Professor vinha impresso em caracteres bem vistosos, de provocar orgulho. Impressa nas páginas da revista, a demonstração do problema proposto perdia talvez o calor da sua mão que havia no manuscrito, mas ganhava austeridade. Eu sentia, através dessas páginas, o rigor inabalável do raciocínio do Professor.

Dentro do gabinete, o calor parecia ser ainda mais forte. Por que seria? Talvez a causa fosse aquele silêncio, que envolvia havia muito tempo o gabinete inteiro, feito uma parede espessa. Enquanto recolhia dentro de uma caixa de papelão os exemplares sem matérias relacionadas ao Professor, eu rememorava mais uma vez os fatos ocorridos no consultório do dentista e recalculava o período de tempo em que estivemos naquele local. Mesmo estando separados, eu na sala de espera e ele no consultório, nós nos achávamos no mesmo prédio, então eu acabara me descuidando. Fora um erro. Quando estivesse com o Professor, em qualquer circunstância, eu deveria ter sempre em mente os oitenta minutos.

Entretanto, por mais que refizesse as contas, parecia-me que o espaço de tempo que estivemos afastados não chegava a sessenta minutos.

Procurei convencer-me de que não seria de estranhar se ele não tivesse conseguido manter seu ciclo de memória usual, de oitenta minutos exatos. Afinal, ainda que fosse um matemático, ele era acima de tudo um ser humano feito de carne e osso. Quando as condições climáticas mudam, as pessoas também mudam. Há dias em que não nos sentimos bem. E, particularmente naquela ocasião, seu dente doía.

Ele estava nervoso, com um desconhecido remexendo na sua boca. Tudo isso havia desregulado a fita de oitenta minutos que rodava em sua memória. Sim, não era de estranhar.

Empilhei no assoalho todas as revistas com as demonstrações do Professor. A pilha formada ultrapassava a minha cintura. Eu me enternecia ao pensar que suas demonstrações cravejavam como verdadeiras joias o interior daquelas revistas desinteressantes. Fui ajeitando cuidadosamente, uma por uma, as revistas da pilha. Ali se depositava toda a energia que o Professor dedicava à matemática. Ali estava a prova irrefutável de que o seu gênio matemático não fora nem um pouco afetado por aquele infeliz acidente.

— O que você está fazendo?

O Professor saíra do banho sem eu perceber e espiava pela porta. Pelo jeito, os efeitos da anestesia persistiam ainda, pois seus lábios continuavam tortos, mas o inchaço do seu rosto diminuíra. Ele parecia bem-disposto, seu dente não devia estar mais doendo. De soslaio, eu consultei o relógio de parede. Constatei que ele levara menos de trinta minutos no banho.

— Estou arrumando as revistas.

— Mas que trabalho! E que pilha enorme! Deve ser pesado, mas me faria o favor de jogá-las fora nalgum lugar?

— Jogá-las fora? Mas nem pensar!

— Por quê?

— Pense um pouco, aqui está o fruto do seu trabalho. O senhor fez tudo isto sozinho! — eu protestei.

O Professor não me respondeu, apenas me olhou, incerto. Gotas de água caíam do seu cabelo molhando os lembretes.

As cigarras que nos perturbavam com seus chiados durante toda a manhã estavam agora silenciosas. Apenas o sol de verão preenchia o jardim. Entretanto, quando se alongava o olhar ao céu longínquo além do horizonte, fiapos de nuvens esparsas faziam pressentir a proximidade do outono. Lá onde a primeira estrela vespertina costumava aparecer.

Para Raiz, começava um novo período escolar. Pouco depois, o Professor recebia do *Journal of Mathematics* a notificação de que conquistara o primeiro lugar no concurso promovido pela revista — aquele que lhe custara o verão inteiro para resolver.

Porém, como era de esperar, o Professor não se alegrou. Nem leu direito a notificação. Jogou-a sobre a mesa, sem um comentário, nem mesmo um lampejo de sorriso.

— É o maior prêmio concedido pelo tal *Journal of*, em toda sua história! — insisti.

Não me sentindo confiante em pronunciar o nome da revista corretamente, costumava abreviá-lo como *Journal of*.

O Professor suspirou apático.

— O senhor sabe quanto trabalho teve para resolver aquele problema? O senhor nem comia direito, nem dormia! Passou todos os dias, de manhã até a noite, perdido no mundo dos números! Ficou com o corpo cheio de brotoejas! Seu paletó ficou ensopado de suor!

Sabendo que ele já não se recordava de nada, tentei lhe fazer ver, com veemência, o trabalho que ele próprio tivera para resolver o problema.

— Eu me recordo do volume e do peso do envelope contendo a demonstração, que o senhor me entregou. Disso, vou me lembrar sempre, e também do orgulho com que eu o apresentei ao balcão do correio, sim senhor!

— Sei, sei...

Não importava o que eu dissesse, o Professor continuava tão indiferente que chegava a ser irritante.

Seria uma propensão generalizada entre os matemáticos menosprezar suas próprias realizações? Ou seria essa uma peculiaridade individual do Professor, enraizada em sua personalidade? Então a ambição não teria lugar entre os matemáticos? Não lhes interessaria conquistar fama entre os leigos? Mas o desenvolvimento da matemática se deveu a essas ambições. No caso do Professor, talvez toda a questão estivesse no funcionamento da sua memória.

Seja como for, uma vez terminada a demonstração de um problema, ele não lhe dava mais a mínima atenção. Quando o objeto do seu amor fervoroso surgia concretamente diante dele e lhe acenava, ele se tornava subitamente tímido e recatado. Não lhe ocorria se queixar dos esforços que dedicara, ou pedir-lhe recompensas. Conferia apenas se a demonstração estava perfeita e, tranquilo, seguia adiante.

Esse comportamento não se limitava apenas à matemática. Por exemplo, quando carregara meu filho ao hospital ou quando o protegera do *foul ball* com o próprio corpo, ele se mostrara incapaz de receber graciosamente a nossa gratidão. Não porque fosse teimoso ou desequilibrado, mas porque não compreendia que suas ações mereciam agradecimento.

O Professor sempre repetia para si mesmo, dentro da alma: "O que eu consigo fazer é insignificante. E, se eu posso fazê-lo, qualquer outro também pode."

— Vamos comemorar!

— Não creio que isso seja necessário.

— Se celebrarmos todos juntos por quem conseguiu ganhar o primeiro lugar em um prêmio, a alegria se espalha e fica ainda maior.

— Não faço questão de me alegrar. Tudo o que fiz foi espiar o caderno de Deus e copiar o que estava escrito lá...

— Nada disso. Vamos comemorar, sim. Mesmo que o senhor não queira se alegrar, eu e Raiz queremos.

O Professor mudou de atitude quando Raiz surgiu na conversa.

— Oh, isso mesmo, podemos comemorar também o aniversário dele! É dia 11 de setembro. Ele vai gostar de comemorá-lo com o senhor!

— Aniversário de quantos anos?

Minha tática surtiu efeito. O Professor começou a se interessar pelo rumo da conversa.

— Onze anos.

— Onze...

O Professor se entusiasmou. Piscou os olhos e coçou a cabeça esparramando caspa sobre a mesa da cozinha.

— Sim, onze anos.

— Um belo número primo! Aliás, o mais belo entre todos os números primos. Além disso, é o número da camisa de Murayama! Que maravilha!

Aniversários ocorrem a qualquer pessoa, uma vez por ano. Nada havia de maravilhoso nisso, comparado à conquista do primeiro prêmio em um concurso de matemática. Foi o que pensei, mas claro que não disse nada, limitando-me a concordar com o Professor.

— Muito bem! Vamos comemorar! As crianças devem ser celebradas. Por muito que comemoremos, nunca será demais. Doces, velas e palmas são tudo o que precisamos para deixar uma criança feliz. Muito simples, não é mesmo?

— Sim, o senhor tem toda razão.

Apanhei um pincel atômico e envolvi o dia 11 de setembro no calendário da cozinha em um círculo enorme.

Ele não passaria despercebido até aos mais distraídos. O Professor escreveu um novo lembrete com os dizeres: "11 de setembro (6ª), aniversário de 11 anos de Raiz." Abriu à força um espaço no peito, logo abaixo do seu lembrete mais importante, e inseriu-o ali.

— Ah, assim está bem — ele olhou para o lembrete recém-pregado e assentiu com satisfação.

Combinei com Raiz que daríamos de presente ao Professor um cartão de beisebol de Enatsu. Mostrei-lhe em segredo, enquanto o Professor cochilava na sala, a lata de biscoitos da estante de livros, que lhe despertou grande interesse. Raiz sentou-se sobre o assoalho e, esquecido de que estávamos agindo às escondidas do Professor, foi extraindo da lata os cartões, um por um, para examiná-los minuciosamente, frente e verso, soltando exclamações.

— Veja lá, isso é o tesouro do Professor! Tome cuidado para não amassar nem sujar nenhum, ouviu? — eu recomendei aflita, mas ele nem escutou.

Era a primeira vez na vida que Raiz se encontrava frente a frente com um cartão de beisebol. Suponho que tivesse uma vaga ideia de como eram esses cartões, por tê-los visto eventualmente nas mãos de algum colega, mas é provável que tivesse se afastado deles, quase inconscientemente. Pois era um menino que nunca pedia dinheiro à mãe para gastar em brinquedos, muito menos para algo que ele fosse usar sozinho.

Mas, agora que vira a coleção do Professor, não podia mais recuar. Acabara de descortinar um novo mundo no beisebol, repleto de encantos que o esporte real não proporcionava. Vira como os pequenos cartões observavam feito anjos da guarda as partidas que se desenrolavam nos estádios e pelas ondas de rádio. Tudo nesses cartões enfeitiçava Raiz: as fotos captando instantes passageiros, os registros de feitos impressionantes, as anedotas maravilhosas, o tamanho dos cartões que cabiam na palma da mão, os invólucros reluzindo à luz do sol... Mais que isso, extasiava-se só por imaginar o prazeroso trabalho que o Professor tivera para organizar uma coleção como aquela.

— Mamãe, veja só este Enatsu! Até as gotas de suor aparecem na fotografia!

— Uau, é Bacque! Que braços compridos ele tem!

— Este, então, é espetacular! É especial! Quando você coloca sob a luz, dá para ver Enatsu em 3-D!

Raiz compartilhava comigo suas impressões e me pedia cumplicidade com cada cartão.

— Muito bem, já entendi. Agora, guarde tudo.

Da sala, soavam os rangidos da espreguiçadeira. Logo o Professor iria despertar da soneca.

— Da próxima vez, vamos pedir permissão ao Professor e então poderemos examinar com calma. Guardou na ordem certa? A classificação é bem rigorosa...

Porém, eu mal terminara de advertir o menino quando ele derrubou a lata de biscoitos com os cartões, talvez por causa do peso inesperado ou quiçá por excitação. O barulho foi espalhafatoso. Os cartões, bem apertados dentro da lata, sofreram poucos danos com o impacto. Mesmo assim, uma parte deles (quase todos jogadores da segunda base) se espalhou sobre o assoalho.

Tratamos de guardá-los de volta na lata com toda a pressa. Por felicidade, nenhum invólucro estava rachado ou quebrado. Mas, por estar a coleção muito bem organizada dentro da lata de biscoitos, tivemos a impressão de que havíamos causado um dano irreparável. Isso nos preocupou mais ainda.

O Professor despertaria a qualquer momento. Pensando bem, não fora necessário agir às escondidas, pois o Professor teria, com toda a certeza, atendido de bom grado se Raiz lhe pedisse para ver os cartões. O fato é que eu tivera vergonha de falar com o Professor a respeito dos cartões na lata de biscoitos. E esse constrangimento me levara a cometer uma indiscrição. Eu julgara, a meu critério, que talvez o Professor não gostasse de mostrar os cartões a terceiros, feito um garoto que esconde seus segredos em algum lugar que só ele conhece.

— O nome deste jogador é Shirasaka, começa com "shi". Por isso, ponha o cartão dele depois de Kamata Minoru.

— E este nome, como se lê?

— Hondo Yasuji. A forma como se lê está escrita aqui, veja. Então ele fica mais para trás.

— Você o conhece, mamãe?

— Não, mas deve ter sido um jogador famoso, para aparecer assim em um cartão. Mas não perca tempo com isso, vamos depressa!

De qualquer forma, nós nos concentramos em arrumar os cartões, um a um, na ordem estabelecida pelo Professor. Foi então que percebi a existência de um fundo duplo na lata. Estava nesse momento com o cartão de Motoyashiki Kingo nas mãos. Olhando pela lateral da caixa, dava para ver que o fundo da lata ficava mais abaixo.

— Espere um pouco — eu interrompi Raiz, introduzi o dedo numa fresta do bloco dos jogadores da segunda base e apalpei. Sem dúvida, havia um fundo duplo.

— O que aconteceu? — perguntou meu filho, curioso.

— Tudo bem, deixe comigo.

De repente, minha cautela se desfez, e eu me senti ousada. Pedi a Raiz que me trouxesse uma régua da gaveta da escrivaninha do Professor e a introduzi entre os dois fundos, erguendo o de cima com todo o cuidado para não desarrumar de vez os cartões.

— Tem algo no fundo, embaixo dos cartões. Está vendo? Consegue puxá-lo, enquanto levanto isto aqui?

— Entendi. Consigo.

Os pequenos dedos do menino escorregaram para o interior do espaço apertado e extraíram com habilidade o que havia lá dentro.

Era uma tese de matemática. Estava batida a máquina, em inglês, e encadernada com uma capa timbrada, de alguma faculdade. Devia ter pelo menos cem páginas. Nela, o nome do Professor estava claramente impresso em letras góticas. Era datada de 1957.

— São contas feitas pelo Professor?

— Creio que sim.

— Mas por que ele escondeu em um lugar como esse? — perguntou Raiz, morto de curiosidade.

Fiz rapidamente uma conta: 1992 menos 1957. O Professor teria então vinte e nove anos de idade. A sala estava silenciosa. Não se ouvia mais o rangido da espreguiçadeira.

Ainda segurando o cartão de Motoyashiki Kingo, eu experimentei abrir o documento. Percebi de imediato que ele havia sido guardado com o mesmo carinho dispensado aos cartões. O texto datilografado e as folhas utilizadas revelavam antiguidade, como era de supor pela data de origem do documento. Mas, assim como nos cartões, não se via nele sinal algum de manipulação descuidada, como marcas de dobra ou sujeira. Também não havia erros de datilografia. Fora, com certeza, produzido por um hábil datilógrafo.

As folhas estavam encadernadas sem um milímetro sequer de desencontro. Eram macias ao toque e tinham os cantos cortados com perfeição a noventa graus. Nem espólios de soberanos teriam recebido um sepultamento tão cuidadoso como esse.

Procedi com máximo cuidado, como fizeram no passado as pessoas que tiveram em mãos esse documento, mas também por ter aprendido com o descuido de Raiz momentos antes. Perturbada em seu longo sono, a tese do Professor conservava ainda toda sua dignidade. Não fora afetada pelo peso dos cartões nem pelo odor das bolachas.

Tudo que pude traduzir da primeira página foi o termo *Chapter*, na primeira linha. Mas, conforme folheava as páginas, deparei-me algumas vezes com a palavra "Artin". Lembrei-me então da conjectura de Artin, que o Professor me explicara no caminho de volta da barbearia, rabiscando o chão com um graveto quando sentamos no banco de um parque. Recordei-me também da exposição que ele fizera em seguida sobre o número perfeito 28 que eu mencionara, e das pétalas de cerejeira dançando no ar.

Nesse instante, uma fotografia em preto e branco escorregou de dentro das folhas da tese. Raiz a apanhou. A foto, que parecia ter sido tirada à margem de algum rio, mostrava o Professor sentado em uma encosta coberta de trevos. Parecia muito relaxado, com as pernas estiradas, e estreitava os olhos, ofuscado pelo brilho intenso do sol. Era muito jovem e bonito. Trajava um terno, como o Professor atual, mas todo o seu corpo parecia emanar inteligência. Naturalmente, não havia nenhum lembrete pregado em seu paletó.

E ao seu lado, bem próxima dele, estava sentada uma mulher. A saia do seu vestido, espalhada ao seu redor, deixava à mostra apenas as pontas dos sapatos. Ela inclinava a cabeça em direção ao Professor, com uma expressão tímida. Os dois não se tocavam, mas era visível o amor que os unia. Por mais antiga que fosse a foto, não havia dúvida alguma de que aquela era a viúva da casa principal.

Além do nome do Professor e da palavra *Chapter*, havia mais uma linha que eu pude entender. No ponto mais alto da capa, como um enfeite no ponto de partida da tese. Apenas este trecho estava manuscrito, e em japonês:

> DEDICO A N, MEU ETERNO AMOR.
> NUNCA SE ESQUEÇA DE MIM.

Decidimos presentear o Professor com um cartão de Enatsu, mas quando tentamos obtê-lo descobrimos que não era uma tarefa simples, porque o Professor já possuía quase todos os cartões de Enatsu da época dos Tigers, ou seja, de antes de 1975. Todas as versões posteriores já registravam a aquisição de Enatsu por outras equipes. E Enatsu no uniforme do Nankai ou do Hiroshima não nos servia de nada.

Começamos, então, comprando uma revista especializada em cartões de beisebol (a simples constatação de que havia esse tipo de revista à venda nas livrarias foi uma bela novidade), para pesquisar quais cartões estavam disponíveis no mercado, a que preço, e onde poderiam ser achados. Ao mesmo tempo, aprendemos outras coisas sobre os cartões, como a sua história, as regras de etiqueta dos colecionadores e os cuidados de conservação. Nos fins de semana, visitamos as lojas de venda de cartões ao nosso alcance, confiando na relação publicada nas últimas páginas da revista. Entretanto, não obtivemos sucesso.

As lojas se achavam todas em salas de prédios antigos, convivendo promiscuamente com escritórios de agiotas, investigadores particulares e videntes. Os prédios nos deprimiam já ao entrar no elevador, mas, uma vez dentro das lojas de cartões, Raiz sentia-se no paraíso. O mundo que se descortinava diante dos seus olhos era como incontáveis latas de biscoito do Professor.

Eu tinha que conter a empolgação do menino para irmos diretamente aos cartões de Yutaka Enatsu. Como seria de esperar, as seções dedicadas ao jogador eram abundantes. O critério de classificação empregado pelo Professor em sua lata de biscoitos prevalecia em qualquer das lojas. À parte dos setores classificados por times, época, posições, e assim por diante, havia um canto especial só para Enatsu, ao lado de Nagashima e de Oh.

Nós nos aboletávamos na seção Enatsu e íamos examinando os cartões um a um, eu do início e meu filho, do fim. Talvez o próximo fosse um cartão desconhecido, quem sabe o seguinte nos trouxesse o Enatsu dos sonhos — examinar os cartões alimentando essas expectativas era uma tarefa estafante. Estávamos explorando uma floresta, isolados do sol e sem uma bússola nas mãos. Mas não nos deixávamos abater. Pelo contrário, pouco a pouco fomos nos aprimorando na técnica da procura e trabalhávamos com eficiência cada vez maior.

Extraíamos um cartão com o polegar e o indicador e, se fosse algum dos conhecidos, da lata de biscoitos, o devolvíamos imediatamente ao seu lugar. Quando topávamos com um cartão desconhecido, então nós o examinávamos com cuidado para ver se preenchia as nossas condições. Repetíamos essa operação tomando decisões quase instantâneas.

Todos os cartões eram ou conhecidos, ou mostravam Enatsu em um uniforme estranho, ou relatavam em detalhes sua transferência a outro time. Os cartões em preto e branco da coleção do Professor, referentes ao início de carreira de Enatsu, tinham preços altos e ficava claro que eram preciosos. Encontrar um cartão digno de fazer parte de uma coleção como essa parecia ser, de fato, muito trabalhoso. Meus dedos terminavam encontrando com os de Raiz à metade do bloco, e nós suspirávamos, sabendo que mais uma esperança fora frustrada.

Os lojistas nunca fizeram cara feia, mesmo que teimássemos procurando por longo tempo para sair ao final sem gastar um único iene. Algumas vezes, bastava lhes dizer que estávamos à procura de Yutaka Enatsu para que nos trouxessem tudo o que havia na loja sobre ele. E nos encorajavam, sempre que nos viam desanimados por não encontrar o que procurávamos. Na última loja em que entramos, até nos aconselharam, depois de ouvir pacientemente sobre o que nós desejávamos.

O conselho foi que procurássemos cartões dados de brinde em 1985 por um fabricante de doces a quem comprasse seus chocolates. Esse fabricante costumava dar cartões aos seus fregueses, sendo que naquele ano ele produzira uma série *premium* em comemoração ao cinquentenário da fábrica. Além disso, nesse ano particular, os Tigers venceram o campeonato. Assim, a série deveria estar repleta de cartões do time.

— Série *premium*? O que é isso? — perguntara Raiz.

— São cartões especiais, alguns com autógrafos, outros com hologramas, ainda outros contendo aparas dos bastões utilizados pelos jogadores. Enatsu já estava aposentado em 1985, mas acho que fizeram ainda uma reedição de alguns cartões-luva dele. Eu recebi um deles na minha loja uma vez, mas foi vendido em pouco tempo. É muito popular.

— Cartões-luva? O que é isso? — o menino perguntava outra vez.

— São cartões que trazem pequenos pedaços cortados da luva utilizada pelo jogador.

— Da luva usada por Enatsu, de verdade?

— Claro! O cartão é reconhecido pela Sociedade Japonesa de Cartões Esportivos, portanto não deve haver falsificação. Mas, de qualquer forma, são muito poucos. Não são encontrados em qualquer lugar. Mas não desistam. Eles têm que estar em algum canto do mundo. Se eu conseguir um deles, ligo para você. Eu também gosto de Yutaka Enatsu.

O lojista que nos passou essas informações tirou rapidamente o boné dos Tigers da cabeça de Raiz para lhe dar um afago. Seu gesto lembrou muito o Professor.

O 11 de setembro já estava bem próximo. Eu sugeri ao meu filho que não haveria problema se déssemos outro presente, mas ele não aceitou. Queria de todo o jeito o cartão de beisebol.

— Não chegaremos nunca à resposta certa se desistirmos a meio caminho — essa era a sua opinião.

Seu objetivo principal, suponho, não deixava de ser a felicidade do Professor. Mas creio que, na verdade, ele também se comprazia em viver a experiência de colecionador. Sentia-se como um aventureiro, viajando pelo mundo inteiro atrás de um cartão.

Quando se encontrava na sala, o Professor buscava com frequência o calendário com os olhos. Algumas vezes, se aproximava dele e passava o dedo sobre o círculo que eu desenhara para marcar o dia 11 de setembro. O lembrete continuava preso com firmeza em seu peito. Ele se esforçava, do seu jeito, para não esquecer o aniversário de Raiz.

Mas pareceu-me que a comemoração pelo prêmio daquele *Journal of* já se apagara da sua memória.

O incidente da lata de biscoitos passara despercebido pelo Professor. Naquela hora, passei alguns instantes encarando a capa da sua tese. "A N, meu eterno amor..." — meus olhos estavam pregados nessa expressão. A caligrafia era indubitavelmente dele. Para o Professor, o adjetivo "eterno" possuía uma conotação diversa da usual. Eterno, como são os teoremas de matemática — eis o que ele queria dizer.

Foi Raiz quem me instou a arrumarmos logo as coisas.

— Vamos, mamãe! Abra de novo a fresta com a régua!

O menino tomou o documento das minhas mãos e o devolveu ao fundo da lata. Com delicadeza, apesar da pressa. Parecia plenamente consciente do segredo que ele continha, e cuidadoso ao extremo para não profaná-lo.

Organizamos novamente todos os cartões, sem deixar nenhuma irregularidade. Todos eles alinhados com uma precisão de dar gosto e classificados em ordem fonética. A lata não se danificara com a queda. Contudo, algo mudara. Agora que eu estava ciente de que havia uma tese dedicada a N encerrada no subsolo escuro da lata, ela deixava de ser apenas uma bela coleção de cartões de beisebol, e se tornara um sarcófago da memória do Professor. Eu depositei o sarcófago bem no fundo da estante de livros.

Tínhamos ainda uma leve esperança, mas o telefonema prometido pelo moço da loja jamais ocorreu. Raiz prosseguiu ainda com suas últimas tentativas: publicou mensagens na coluna dos leitores da revista, e buscou mais informações entre seus amigos e até mesmo entre os irmãos deles. Eu comprei em segredo um presente alternativo, para não ficar sem plano B caso não encontrássemos o cartão desejado. Tive grande dificuldade para decidir o que comprar. Lápis 4B, cadernos, clipes, pedaços de papel, camisas... Na verdade, o Professor precisava de muito pouco. Era ainda mais difícil porque eu não podia consultar Raiz.

"Já sei. Vou comprar sapatos", decidi. O Professor estava precisando de um novo par. Sapatos sem bolor, que o levassem livremente para onde quisesse e à hora que bem lhe aprouvesse.

Escondi o presente no fundo do armário, como costumava fazer com os presentes de Raiz quando ele era pequeno. Se encontrássemos o presente principal, bastaria deixar este na sapateira, sem nada dizer.

A luz da esperança surgiu de uma direção inesperada. Quando fui receber meu salário na Agência Akebono, uma colega de trabalho se lembrou que, no depósito de uma antiga loja de miudezas de sua mãe, restavam ainda alguns brindes oferecidos junto com doces. Pareciam ser cartões de beisebol. O gerente da agência nos ouvia, por isso eu nada disse acerca da festa pela premiação do Professor e o aniversário de Raiz. Comentei apenas que meu filho queria muito esses cartões e estava me amolando com pedidos. Então esta colega escutou e, sem muita certeza, começou a falar sobre os brindes.

O que me chamou a atenção foi que ela disse que a mãe fechara a loja em 1985, por causa da idade. Mas em novembro do ano anterior, 1984, ela adquirira alguns doces para vender a uma associação de idosos, que preparava uma excursão e precisava de lanches. Entre esses doces, havia os tais chocolates com brindes. A mãe, porém, achou que os idosos não teriam uso para os brindes, e despregou um por um do fundo das caixas de chocolates os envelopes de plástico preto que os continham. Pretendia guardá-los para usá-los na primavera, quando viria o pedido de lanches para a excursão da associação de crianças do bairro. Por certo, as crianças se alegrariam muito mais com os brindes que os velhos. Não sei dizer se a mãe sabia que se tratava de cartões de beisebol, mas, de qualquer forma, sua decisão foi correta. Entretanto, esse pedido da associação de crianças nunca aconteceu, porque a mãe adoecera em dezembro e a loja fora fechada. Com isso, quase cem cartões de beisebol passaram longo tempo adormecidos no depósito da loja.

 Fui direto da agência à casa dessa colega, de onde voltei trazendo uma caixa de papelão empoeirada, que me pesava muito, mesmo carregando com ambos os braços. Eu me ofereci para pagar alguma quantia pelos cartões, mas ela, muito gentil, recusou sem hesitar. Eu resolvi aceitar sua gentileza, sem me atrever a mencionar que nas lojas de cartões esses cartões poderiam valer mais do que os chocolates.

 Eu e Raiz nos pusemos ao trabalho assim que regressei ao apartamento. Eu abria o envelope com uma tesoura e meu filho extraía o conteúdo para conferir. O trabalho era apenas esse. Assim, pudemos desenvolver uma ação coordenada, sem perda de tempo. Já tínhamos adquirido experiência na manipulação de cartões. Raiz era até capaz de distinguir o tipo do cartão apenas pelo tato.

 Oshita, Hiramatsu, Nakanishi, Kinugasa, Boomer, Oishi, Kakefu, Harimoto, Nagaike, Horiuchi, Arito, Bass, Akiyama, Kadota, Inao, Kobayashi, Fukumoto... Os jogadores foram surgindo um após outro. Como dissera o lojista, alguns tinham imagens tridimensionais, outros continham autógrafos, e outros brilhavam como ouro. Raiz já não exclamava de espanto nem estalava a língua decepcionado. Parecia ter entendido que, quanto mais se concentrasse no que fazia, mais depressa chegaria ao fim. Os envelopes escuros iam se espalhando em desordem ao meu redor, enquanto uma pilha de cartões se erguia próxima às mãos de Raiz, para por fim desmoronar entre nós.

O cheiro de bolor me atingia a narina todas as vezes em que eu estendia a mão em direção à caixa de papelão. Quem sabe o odor de chocolate impregnado nos cartões tivesse se transformado. Honestamente, tendo examinado mais da metade dos cartões, comecei a perder a esperança. Mais que isso, não via mais sentido no que fazia. Afinal, o que era mesmo que eu estava procurando? Eu, pelo menos, me sentia assim.

A quantidade de jogadores de beisebol é espantosa. É compreensível, afinal são nove por equipe, há duas ligas de times, a do Pacífico e a Central, e o jogo tem uma história de mais de cinquenta anos. Claro que Enatsu havia sido um jogador genial. Mas existiram outros além dele, por exemplo, Sawamura, Kaneda e Egawa, que também têm admiradores, e estes querem seus cartões. Não podíamos, portanto, ficar bravos só porque não havia, nessa montanha de cartões, o único que desejávamos. Não havia por que perder a paciência. Era só para satisfazer Raiz. O presente de reserva estava bem guardado no armário. Podiam não ser sapatos de alta qualidade, mas sem dúvida eram mais caros que um cartão. O modelo era simples e confortável. Com certeza, o Professor ficaria feliz...

— Oh! — Raiz soltou uma curta exclamação.

Uma exclamação sóbria, de gente adulta. Como alguém que tivesse se lembrado da fórmula necessária para responder a uma questão difícil, ou encontrado a linha auxiliar capaz de solucionar um problema gráfico que parecia impossível. Ela foi tão comedida, que por um momento eu nem percebi que ele tinha em mãos o cartão desejado.

Raiz não saiu gritando aos pulos nem veio correndo me abraçar. Ficou calado, com o olhar pregado sobre o cartão que segurava. Parecia querer monopolizar por alguns momentos esse encontro com Enatsu. Assim, respeitei seu silêncio. Aquele era o cartão *premium*, edição limitada do ano de 1985, contendo um pequeno pedaço da luva do jogador. Faltavam dois dias para a nossa festa.

10

A festa foi maravilhosa. De todas as que participei, foi a que mais saudades me deixou. Não houve nem luxo nem extravagância. Nesse aspecto, foi idêntica à do primeiro aniversário de meu filho, comemorado em um quarto do abrigo para mães solteiras. Ou às de *Shichigosan*, que comemoramos sozinhos, ou à do Natal, que passamos junto com sua avó. Porém, não sei se seria apropriado chamar esses eventos de festa, com a exceção desse décimo primeiro aniversário de Raiz — graças à participação do Professor. E também porque aquela noite foi a última que passamos com ele.

Aguardamos, eu e o Professor, que Raiz voltasse da escola para iniciarmos os preparativos para a comemoração, os três juntos — eu nos quitutes, Raiz limpando o assoalho da sala e me ajudando em outros pequenos serviços, e o Professor passando a ferro a toalha de mesa.

O Professor não se esquecera da promessa. Tão logo tomou consciência de que eu era sua empregada doméstica e mãe de Raiz, apontou o círculo assinalado no calendário e disse:

— Hoje é dia 11!

Em seguida, tomou entre os dedos o lembrete preso ao peito e o sacudiu, como se quisesse elogios por essa lembrança.

No começo, eu não pretendia pedir-lhe para passar a ferro a toalha. Desajeitado como ele era, seria até mais seguro que meu filho o fizesse. O personagem central da noite era o Professor, por isso eu queria deixá-lo descansando na espreguiçadeira, como sempre. Mas ele protestou, dizendo que também queria ajudar.

— Se até uma criança pequena está trabalhando tão bem, como pode um adulto ficar ocioso?

De certa forma, eu já esperava por esse protesto. Entretanto, não achava que ele fosse buscar pessoalmente o ferro de passar e a toalha de mesa, e meter mãos à obra. Já o simples fato de ele saber onde o ferro estava guardado, dentro do armário, me surpreendeu. O que dizer então do meu espanto quando conseguiu achar, ainda mais ao fundo do armário, a toalha de mesa? Foi como um espetáculo de mágica. Pois, em mais de seis meses de trabalho, eu sequer sabia que existia uma toalha de mesa na casa.

— A primeira coisa a se fazer numa festa é cobrir a mesa com uma toalha bem limpa, concorda? Eu sei trabalhar bem com o ferro de passar.

A toalha, esquecida sabe-se lá por quanto tempo, estava toda amarrotada.

O calor remanescente do verão já passara. A atmosfera estava seca e transparente. Tanto a sombra da casa principal delineada sobre o jardim como o matiz do arvoredo já não eram mais os do pleno verão. Em algumas áreas, a luz ainda incidia intensa, porém a primeira estrela vespertina já havia surgido em companhia da lua no firmamento, onde as nuvens mudavam de feição instante a instante. Sorrateiras, as trevas se insinuavam junto às raízes do arvoredo, mas ainda eram fracas, e restava algum tempo até a chegada da noite. Era o entardecer, nosso momento preferido do dia.

O Professor armou a tábua de passar ao lado da espreguiçadeira e se pôs a trabalhar de pronto. Não é que ele sabia perfeitamente como puxar o cabo de força, ligar o ferro e até regular a temperatura? Estendendo a toalha, dividiu-a a olho em dezesseis partes iguais, como bom matemático que era, e passou uma a uma.

Primeiro, umedeceu a toalha com dois jatos do nebulizador, depois aproximou a mão do ferro para certificar-se da temperatura e começou a passar a primeira área. Empunhava o ferro com firmeza e o deslizava sobre a toalha em movimentos ritmados, tomando cuidado para não danificá-la. Com a testa franzida em concentração, as narinas dilatadas, inspecionava se os vincos estavam sendo alisados a contento. Demonstrava capricho, segurança e até amor no que fazia. Mantinha o ângulo e a velocidade do ferro de forma a ter o máximo efeito com o mínimo de movimento. Toda a elegância característica de suas demonstrações matemáticas era visível sobre a velha tábua de passar.

Não pudemos deixar de reconhecer, eu e o meu filho, que ninguém faria aquele serviço melhor do que ele, mais ainda porque a toalha era rendada.

Cada um executava suas tarefas. Sentir a presença tão próxima um do outro e ver nossos pequenos trabalhos progredindo pouco a pouco nos trouxe uma felicidade inesperada. O aroma da carne no forno, as gotas de água caindo do esfregão, o vapor provocado pelo ferro de passar — tudo isso se misturava e nos envolvia.

— Hoje a partida é contra o Yakult, no Koshien. — Como sempre, Raiz era o mais tagarela. — Se a gente vencer, vamos para a primeira posição.

— Será que vamos conseguir? — eu provei a sopa e dei uma espiada no forno.

— Claro que sim — respondeu o Professor, mais confiante do que nunca. — Está vendo ali? A parte de baixo da primeira estrela vespertina está escondida. Quando isso acontece, é dia de sorte. É um sinal de que vamos vencer.

— Ah, então não é uma previsão bem calculada. É só uma aposta!

— *Atsopa amu ós é!*

— Não vale tentar me enganar, falando invertido!

O ferro não parava de trabalhar, indiferente aos ataques de Raiz, e já chegara na última parte da toalha. Mergulhado sob a mesa, Raiz passava pano nos cantos que não costumavam ser limpos, como as pernas da mesa e embaixo dos assentos das cadeiras. Eu procurei no armário uma travessa adequada para o rosbife. O jardim estava um pouco mais escuro a cada vez que eu olhava para fora.

Quando estávamos prestes a nos sentar à mesa e dar início à comemoração, surgiu um pequeno contratempo.

Um contratempo realmente muito pequeno, sem importância, que poderia ter sido resolvido sem maiores alardes. A culpa não era de nenhum de nós. Se fôssemos procurar um responsável, seria com certeza o rapaz da confeitaria, no bairro comercial. Ele se esquecera de incluir as velas.

O bolo não era grandioso o suficiente para acomodar onze velinhas. Assim, eu havia escolhido apenas duas velas, uma grossa e outra fina. No entanto, ao retirar a caixa da geladeira, reparamos que elas não estavam ali.

— Não podemos ter um bolo de aniversário sem velas! Coitado do menino, é preciso que ele apague as velas para ser abençoado.

Mais que Raiz, que devia assoprar as velas, era o Professor quem as exigia. Isso o deixou claramente agitado, mas a essa altura ainda não era nada que chegasse a afetar nossa comemoração. Satisfeitos com o trabalho que havíamos realizado, antecipávamos a alegria que nos trariam os presentes e os quitutes.

— Bem, eu vou dar um pulo até a loja de doces para buscar as velas.

Levantei-me para tirar o avental, mas Raiz me interrompeu.

— Não, deixe que eu vá. Sou mais rápido.

Mal acabou de falar e já saiu correndo pela porta.

O bairro comercial não era tão distante, e a noite ainda não caíra de todo. Nada impedia que ele fosse. Eu fechei novamente a caixa com o bolo e a devolvi, por ora, à geladeira. O Professor e eu nos sentamos à mesa e ficamos aguardando o retorno do menino.

A toalha de mesa tinha voltado maravilhosamente à vida. Os vincos que a amarrotavam haviam desaparecido por completo, e o padrão da renda estava perfeitamente visível. A mesa da sala, pobre e rústica, se transformara em uma mesa de fidalgo. Uma flor silvestre pequena e anônima, colhida no jardim, enfeitava a mesa em um vidro de iogurte. Cumpria bem o seu papel. Os talheres para três pessoas, elegantemente dispostos, pareciam deslumbrantes se não reparássemos que eram de modelos diferentes.

Os pratos, em comparação, eram todos triviais: coquetel de camarão, rosbife, purê de batatas, salada de espinafre com presunto, sopa creme de ervilhas, ponche de frutas. Eram todos pratos de que Raiz gostava, e nenhum continha cenouras, que o Professor detestava. Sem molhos especiais nem enfeites. Apenas alguns pratos simples. Mas como cheiravam bem!

Sentados frente a frente, pouco à vontade, eu e o Professor trocávamos sorrisos desajeitados, sem saber como passar o tempo. Ele pigarreava, ajeitava a lapela do paletó e se aprumava, pronto para começar a festa a qualquer momento.

Havia um pequeno espaço aberto no centro da mesa, bem diante da cadeira de Raiz — o espaço para o bolo. Ele atraía nossa atenção.

— Está demorando, não acha? — murmurou o Professor, incerto.

— Não está, não — respondi.

Mas causou-me surpresa que ele tivesse consultado o relógio e falado sobre o tempo.

— Veja, não se passaram nem dez minutos ainda.

— Está certo...

Liguei o rádio para distraí-lo um pouco. A transmissão do jogo entre os Tigers e o Yakult estava começando. Voltamos a olhar para o espaço reservado ao bolo.

— E agora, quantos minutos?

— Doze.

— Muito tempo, não acha?

— Sossegue. Está tudo bem.

Pensei quantas vezes eu repetira essa frase, desde o dia em que conheci o Professor. "Sossegue, está tudo bem." Na barbearia, em frente à sala de radiografia do consultório, dentro do ônibus, voltando do estádio de beisebol. Ora afagando suas costas, ora as suas mãos. Mas será que, ao menos uma vez, eu conseguira confortar o Professor? Dava-me a impressão de que a sua angústia estava bem mais distante, e que eu tocava sempre o lugar errado.

— Ele voltará logo mais, não se preocupe.

Entretanto, tudo o que eu podia fazer era repetir as mesmas palavras.

A inquietação do Professor aumentava na medida em que escurecia. Olhava para o relógio a cada trinta segundos, e alisava com tanta frequência as lapelas do paletó que chegou a despregar alguns dos lembretes, sem nem perceber.

A multidão comemorou no rádio. Paciorek, dos Tigers, tinha acertado uma rebatida oportuna na segunda metade da primeira entrada, e conquistado o primeiro ponto para o seu time.

— Quantos minutos?

Os intervalos entre as perguntas ficavam cada vez mais curtos.

— Aconteceu alguma coisa. Não pode ser, está demorando demais.

A cadeira do Professor rangia inquieta.

— Está bem, eu vou buscá-lo. Fique sossegado, não se preocupe.

Inclinei-me para pousar a mão sobre o seu ombro.

Encontrei Raiz na entrada do bairro comercial. De fato, ocorrera um imprevisto, como o Professor temera. A loja de bolos já encerrara o expediente. Mas o menino fora esperto e já havia solucionado o impasse. Ele fora até o outro lado da estação, procurara outra loja, explicara o ocorrido e conseguira ganhar as velas. Corremos, então, de volta para o Professor.

Logo ao chegar percebemos que algo estava diferente na mesa. A flor na garrafa de iogurte permanecia fresca, o rádio anunciava a vantagem dos Tigers, e os pratos, prontos para receber comida, estavam dispostos em ordem. Entretanto, a mesa não era mais a mesma. Algo havia se perdido enquanto procurávamos as duas pequenas velas. No espaço que eu e Professor observávamos até pouco antes, jazia o bolo, todo desmanchado.

Em pé, com as costas encobertas pela sombra, o Professor segurava estupefato a caixa de bolo vazia.

— Eu quis deixar tudo pronto... — murmurou ele, como se falasse com a caixa vazia. — Sinto muito... Nem sei como me desculpar... Está tudo perdido. Olhem como ficou...

Nós fomos imediatamente para perto do Professor e fizemos o que nos pareceu melhor para consolá-lo. Raiz tirou a caixa vazia das suas mãos e a largou sobre uma cadeira, como se quisesse mostrar que não dava a mínima importância para aquilo que ela continha. Eu reduzi o volume do rádio e acendi a luz da sala.

— Mas que exagero, nada está perdido! Não foi nada grave. Não fique assim.

Eu agi rapidamente. Em momentos como esse, não convinha hesitar ou mostrar-me atônita. Era preciso voltar tudo ao normal o quanto antes, com naturalidade, para que ele não tivesse tempo de pensar em mais nada.

Pelo jeito, o bolo fora inclinado e escorregara. Metade estava amassada, mas a outra metade conservava razoavelmente o formato original. Da mensagem escrita em chocolate, se salvara apenas "Professor e Raiz, parab...". Eu dividi o bolo em três partes e ajeitei-as da melhor forma: refiz a cobertura de creme usando uma faca como espátula, arrumei sobre ela os morangos, os coelhinhos de geleia e os anjinhos de açúcar que haviam se espalhado. Depois, finquei as velas no pedaço de Raiz.

— Está vendo? Até conseguimos colocar as velas! — disse o menino, espiando o rosto do Professor.

— Assim ele vai poder apagá-las assoprando.

— E o gosto continua o mesmo!

— Sim, não tem problema nenhum.

Meu filho e eu nos alternamos tentando animá-lo. Explicamos repetidas vezes que o peso da culpa que ele se atribuía não era compatível com um acidente tão pequeno. Mas ele permaneceu mudo, sem responder.

Mais do que a destruição do bolo, eu me preocupava com a toalha de mesa. Pedaços da massa e a gordura do creme enchiam as malhas da renda. Não consegui limpá-la, por mais que esfregasse com pano. Só serviu para acentuar o odor adocicado que pairava no ar. A bela renda recuperada pelo Professor, aquela renda cujos padrões continham o código da formação do universo, estava perdida.

Eu ocultei as partes manchadas da renda sob o prato de rosbife, coloquei a sopa para esquentar e trouxe o fósforo para acender a vela. O rádio anunciava baixinho que o Yakult estava virando o jogo na terceira entrada. Raiz trazia escondido no bolso o cartão de beisebol de Enatsu, enfeitado com uma fita amarela, pronto para ser presenteado ao Professor.

— Agora tudo voltou a ser como estava. Por favor, Professor, queira tomar seu lugar na mesa.

Eu segurei sua mão para conduzi-lo. Finalmente, ele ergueu o rosto e, voltando-se para Raiz ao seu lado, perguntou em voz rouca:

— Quantos anos você tem?

Então afagou sua cabeça.

— Como se chama? Oh, parece ter muita inteligência armazenada aqui! É como o símbolo da raiz, que acolhe e dá lugar a qualquer número, sem distinção.

11

A notícia de que o último teorema de Fermat havia sido demonstrado pelo professor Andrew Wiles, da Universidade de Princeton, foi divulgada pela imprensa em 24 de junho de 1993. A fotografia de Wiles, em um suéter informal e com a cabeleira crespa já um pouco calva, e um retrato de Pierre du Fermat, enfiado em uma casaca típica do século XVII, ocupavam a página inteira. Aquelas duas figuras comicamente díspares davam uma ideia de quanto tempo se passara até que o último teorema fosse demonstrado. A solução daquele enigma clássico era uma vitória da inteligência humana e um novo passo na história da matemática, dizia a reportagem. Ela fazia também uma modesta referência aos matemáticos japoneses Yutaka Taniyama e Goro Shimura, registrando que a conjectura Taniyama-Shimura estava no cerne da demonstração.

Depois de ler a reportagem, eu extraí da carteira um pedaço de papel, como costumo fazer quando me recordo do Professor. Era a fórmula de Euler, escrita por ele:

$$e^{\pi i} + 1 = 0$$

A fórmula está sempre ali — imutável, silenciosa, ao alcance da minha mão.

Os Tigers não conquistaram a liga na temporada de 1992. Isso ainda teria sido possível se tivessem vencido as duas últimas partidas contra o Yakult, mas perderam deles em 10 de outubro por 5 a 2 e acabaram em segundo lugar. A diferença de pontos em relação ao campeão, Yakult, foi de 2,0.

Raiz chorou, inconformado. Mas, com o tempo, começou a compreender que devia ficar feliz por seu time ter conseguido disputar a final do campeonato. Isso porque, depois de 1993, os Tigers entraram em outra das grandes crises da sua história, e mesmo agora, no século XXI, continuam em posições intermediárias. Sexto, sexto, quinto, sexto, sexto, sexto, sexto... Vários treinadores passaram pelo time, Shinjo foi para a Major League americana, e Minoru Murayama faleceu.

Agora, quando me recordo daquele dia em 1992, chego a pensar que a partida de 11 de setembro contra o Yakult foi o começo da derrocada. Se o time tivesse vencido esse jogo, poderia ter sido campeão e, quem sabe, evitado essa longa fase de vacas magras.

Terminada a festa e arrumada a casa, voltamos ao nosso apartamento e ligamos imediatamente o rádio. A partida estava empatava em 3 a 3 e entrava nos momentos finais. Raiz acabou adormecendo, a noite avançava, mas a partida não chegava ao fim. Eu permaneci grudada ao rádio.

Na metade final da nona entrada, com dois *outs* e um corredor na primeira base, Yagi desferiu um *home run* de despedida em direção ao campo esquerdo. O juiz da base gesticulou com o braço em movimento circular, o placar chegou até a indicar as duas corridas, mas o *home run* foi invalidado e corrigido como rebatida dupla, porque a bola tocara a cerca e voltara ao campo. Os Tigers protestaram e a partida foi suspensa por 37 minutos. Já eram 22h30 quando a partida recomeçou com dois *outs* e corredores na segunda e terceira bases. No fim, os Tigers não conseguiram aproveitar essa chance e a partida foi para a prorrogação, com um clima tenso.

Enquanto eu ouvia o desenrolar do jogo, via em meu peito a imagem do Professor, de quem eu acabara de me despedir dando boa-noite. Tinha a fórmula de Euler na palma da minha mão, bem diante dos meus olhos.

Eu deixara a porta do quarto entreaberta para poder escutar meu filho, que ressonava. Ele colocara a luva de beisebol que ganhara de presente do Professor ao lado do travesseiro, como uma preciosidade. Não era uma luva de brinquedo, para satisfazer crianças. Era uma luva de verdade, de couro, devidamente aprovada pela Associação de Beisebol Infantil.

Raiz apagara a vela do bolo, nós havíamos batido palmas, a luz da sala fora novamente acesa. E então o Professor percebeu que havia um lembrete caído debaixo da mesa. Isso fora providencial, considerando o estado de confusão em que se encontrava o Professor. Pois o lembrete indicava o local onde ele guardara o presente do menino. Lendo-o, o Professor começou aos poucos a compreender o que ocorria, e Raiz pôde receber o seu presente.

Logo notei que o Professor não estava acostumado a presentear. Ele estendeu seu regalo ao menino com ar sofrido, como se pedisse desculpas por dar algo tão insignificante como aquele. Mesmo quando Raiz, felicíssimo, correu para abraçá-lo como se fosse beijá-lo no rosto, o Professor continuou pouco à vontade, sem saber como reagir.

Raiz não queria tirar a luva da mão. Se eu não tivesse lhe avisado, com certeza teria continuado até o fim da festa com a luva na mão esquerda, alisando-a volta e meia com a direita.

Soube mais tarde que a viúva se dera ao trabalho de procurar uma loja de artigos esportivos para comprar aquela luva. O Professor lhe havia encomendado "uma bela luva, capaz de apanhar com segurança qualquer bola rebatida".

Raiz e eu nos comportamos com perfeita naturalidade. Não era preciso entrar em pânico só porque havíamos desaparecido da memória do Professor em menos de dez minutos. Bastava começar a festa, conforme o combinado. Nós já estávamos bem treinados para enfrentar os problemas de memória do Professor. Havíamos estabelecido entre nós algumas regras, desenvolvido diversas técnicas para não constrangê-lo com atitudes inconvenientes e, assim, podíamos enfrentar qualquer sorte de imprevisto. Então, era certo que conseguiríamos remediar a situação apenas repetindo os procedimentos familiares.

Mesmo assim, naquela noite a apreensão pairava entre nós, bem ali onde a toalha de mesa tinha sido manchada. Até Raiz, mesmo depois de ter recebido seu presente, acabava se descuidando e olhando pensativo para essa mancha, para depois afastar os olhos apressado, tentando disfarçar. Era como o bolo, que nunca mais voltaria a ser o que era, por melhor que eu refizesse sua cobertura. Quanto mais nós tentávamos nos convencer de que não havia motivo para se preocupar, mais nossa apreensão crescia.

Mas nem isso comprometeu a festa. Nosso respeito pelo Professor, que realizara uma brilhante demonstração, não foi afetado. E o seu carinho por Raiz continuava sendo o maior possível, mesmo depois do pequeno incidente. Durante toda a festa nós comemos e rimos à vontade, e conversamos sobre números primos, sobre Enatsu e sobre a vitória dos Tigers.

O Professor transbordava de alegria por poder comemorar o dia em que um menino de dez anos completava onze. Era apenas um simples aniversário, mas ele o tratava com a máxima importância. Sua atitude me fez perceber novamente quão preciosa era para mim a data de nascimento de meu filho.

Tateei a fórmula de Euler com todo o cuidado para não borrar os traços feitos em lápis 4B, procurando sentir na ponta dos dedos a adorável curvatura das pernas do π, a surpreendente energia contida no pingo do i, e a emenda precisa das bordas do 0. Os Tigers perdiam todas as chances de virar o jogo e vencer na prorrogação. Enquanto a partida prosseguia pelas 12ª, 13ª e 14ª entradas, eu sentia que talvez ela já tivesse sido definida na nona entrada, com o *home run* de despedida, e meu cansaço ficava cada vez mais profundo. Por mais que se esforçassem, eles não conseguiam conquistar um ponto sequer a mais. Do lado de fora da janela, brilhava a lua cheia. Já era quase meia-noite, o dia ia acabar.

Embora canhestro em dar presentes, o Professor revelou um grande talento para recebê-los. Jamais esqueceremos a expressão que vimos em seu rosto quando Raiz lhe entregou o cartão de Enatsu. A gratidão que ele nos demonstrou era profunda demais, em face do pequeno trabalho que tivemos para encontrar seu presente. No fundo de sua alma, ele sempre via sua existência como algo insignificante para merecer qualquer coisa. Ao receber o presente, dobrou os joelhos, e se curvou diante de nós, de olhos fechados e mãos postas, como se ele se ajoelhasse diante dos seus números sagrados. Nós sentimos que estávamos recebendo muito mais do que havíamos oferecido.

O Professor desatou o laço de fita e contemplou por alguns instantes o cartão. Ergueu o rosto para dizer algo, mas seus lábios apenas tremiam. Apertou carinhosamente o cartão de encontro ao peito, como se abraçasse o próprio Raiz ou, quem sabe, um número primo.

Os Tigers não lograram a vitória. A partida foi encerrada na 15ª entrada da prorrogação, empatada em 3 a 3. Levara seis horas e 26 minutos para terminar.

O Professor foi internado em um asilo especializado no domingo, dois dias depois da comemoração. A viúva me telefonou para nos avisar.

— Mas assim, de repente? — eu perguntei.

— A internação já estava sendo preparada havia certo tempo. Aguardávamos apenas uma vaga na instituição — respondeu ela.

— Não foi porque eu ultrapassei outra vez meu horário, desrespeitando sua advertência?

— Não — a voz da viúva estava calma. — Não tenho intenção de repreendê-la por isso. Aquela noite era a última que meu cunhado poderia passar em companhia dos seus únicos amigos. Eu sabia disso. E você também, não é verdade?

Permaneci calada, sem conseguir responder.

— A fita de oitenta minutos se rompeu. A memória do meu cunhado já não consegue avançar um minuto sequer além de 1975.

— Eu posso ir ajudá-lo no asilo...

— Não será necessário. Lá, eles cuidam de tudo. Além disso... — ela hesitou por um instante e prosseguiu — ... eu estarei com ele. O meu cunhado jamais conseguirá lembrar-se de você. Mas ele jamais se esquecerá de mim.

O asilo ficava a quarenta minutos de ônibus do centro, em direção ao mar. Achava-se no alto de uma pequena colina, atrás de um antigo aeroporto abandonado, aonde se chegava por um desvio da estrada provincial que corria junto à orla. Da janela da sala de estar se enxergava a pista de decolagem toda rachada, o teto do hangar coberto de capim e, mais além, a faixa estreita e alongada do mar. Nas tardes de tempo bom, as ondas e a linha do horizonte se mesclavam em uma única faixa de luz, sob o sol reluzente.

Raiz e eu costumávamos visitar o Professor a cada um ou dois meses. Nas manhãs de domingo, tomávamos o ônibus com uma cesta cheia de sanduíches. Conversávamos um pouco com o Professor na sala de estar e depois saíamos ao terraço para lancharmos juntos. Em dias de clima ameno, o Professor e Raiz se divertiam praticando *catch ball* no gramado. Depois, tomávamos chá, conversávamos mais um pouco e nos despedíamos a tempo de tomar o ônibus das 13h50.

Muitas vezes, a viúva estava junto dele. Geralmente ela preferia sair para as compras e nos deixar à vontade, mas vez ou outra participava das nossas conversas ou nos servia algum lanche. Era a única pessoa que compartilhava das memórias do Professor, e parecia cumprir com discrição esse papel.

Essas visitas continuaram por muitos anos, até o falecimento do Professor. Raiz continuou jogando beisebol, como defensor da segunda base, durante todo o ginásio e o colegial, até machucar o joelho já na universidade. Durante todo esse tempo eu segui como empregada doméstica da Agência Akebono.

Para o Professor, Raiz continuou um menino adorável que exigia sua proteção, mesmo barbudo e crescido, vinte centímetros mais alto que eu. O Professor já não alcançava o boné dos Tigers em sua cabeça, por mais que estendesse o braço. Assim, cabia a Raiz se abaixar, para que o Professor pudesse lhe afagar os cabelos revoltos.

O Professor continuou usando seus ternos, como sempre. Os lembretes que os cobriam, porém, foram perdendo aos poucos sua utilidade e caindo, um por um. Aquele lembrete que eu tantas vezes reescrevera, "Minha memória não vai além de 80 minutos", desaparecera algum dia, e dele só restara o clipe que o segurava. O outro, que continha a minha caricatura e o símbolo da raiz, se desbotara, secara, e se desfizera aos pedaços.

O que substituiu os lembretes como símbolo do Professor foi o cartão de beisebol pendurado no seu pescoço. Era o cartão *premium* de Enatsu, que havíamos lhe dado de presente. A viúva perfurara o invólucro do cartão para passar um cordão nele. Quando o vi pela primeira vez, pensei que se tratasse de tarjeta de identificação exigida dos frequentadores do asilo. De qualquer maneira, não deixava de ser uma forma de identificação, provando que o Professor era, de fato, o Professor. Quando seu vulto se aproximava no corredor à contraluz, vindo em direção à sala de estar, era o cartão, balançando à altura do peito, que nos mostrava que aquele era o Professor.

Raiz, por sua vez, sempre levava nas visitas a luva que ganhara. O *catch ball* que praticava com o Professor parecia uma brincadeira desajeitada, mas os dois se divertiam a valer. Raiz conseguia lançar a bola bem ao alcance do Professor, e apanhá-la onde quer que ele a arremessasse de volta. Sentadas juntas sobre o gramado, a viúva e eu aplaudíamos as boas jogadas. Raiz continuou usando a luva por muito tempo, mesmo quando ela ficou pequena para a sua mão. Ele argumentava que assim era melhor, pois em sua posição na segunda base ela permitia lançar a bola apanhada com facilidade. A luva perdeu a cor, as bordas se esgarçaram, a etiqueta do fabricante se soltou, mas seu aspecto não era, de forma alguma, miserável. Adaptava-se perfeitamente à mão esquerda de Raiz, assim que ele introduzia seus dedos. O couro mostrava até um lustro respeitável, depois de todas as bolas recebidas.

A última visita foi no outono em que Raiz completou vinte e dois anos.

— Você sabia que todos os números primos, com a exceção do 2, podem ser classificados em dois grupos?

Sentado em uma cadeira bem iluminada pelo sol, o Professor empunhava um lápis 4B. Na sala de estar, não havia ninguém além de nós. O som das poucas pessoas que passavam pelo corredor também era distante, e apenas a voz do Professor chegava claramente aos nossos ouvidos.

— Eles só podem pertencer a um dos dois grupos: $4n + 1$ ou $4n - 1$, em que n é um número natural.

— Mas toda a infinidade de números primos pode ser dividida em apenas dois grupos? — eu me espantei.

As fórmulas que brotavam do lápis 4B eram todas simples e, no entanto, o significado delas era por demais profundo.

— Por exemplo, o 13...

— É $4 \times 3 + 1$ — respondeu Raiz.

— Isso mesmo. E o 19?

— $4 \times 5 - 1$.

— Perfeitamente — o Professor assentia, feliz da vida. — Então, vamos acrescentar mais uma propriedade. Os primos pertencentes ao primeiro grupo podem ser sempre expressos por uma soma de quadrados. Mas isso é impossível para os do segundo grupo.

— $13 = 2^2 + 3^2$.

— Com a sensibilidade que você tem, os teoremas dos números primos parecem ficar ainda mais belos.

A felicidade do Professor não era proporcional à dificuldade dos cálculos. Nossa alegria estava em compartilhar a exatidão dos cálculos, por mais simples que fossem.

— Raiz foi aprovado nos exames de qualificação para dar aulas no curso ginasial! A partir da primavera do próximo ano, ele será professor de matemática! — eu relatei ao Professor, cheia de orgulho.

O Professor se inclinou para abraçá-lo. Ergueu os braços trêmulos e enfraquecidos. Raiz segurou-os e envolveu os ombros do Professor em um abraço. O cartão de Enatsu balançou em seu peito.

Enatsu está sozinho sob os holofotes, em meio à escuridão. As arquibancadas e o placar estão mergulhados nas sombras. É o momento exato do arremesso, com a mão esquerda. Tem o pé direito firmemente plantado sobre o solo e os olhos, sob a aba do boné, cravados na bola que voa atraída pela luva do *catcher*. A poeira que se ergue sobre o *mound* atesta a velocidade da bola. É o arremesso mais veloz de toda a sua vida. Às suas costas, no uniforme de listras verticais, vejo o número da sua camisa: 28, um número perfeito.

ESTE LIVRO FOI COMPOSTO EM ADOBE GARAMOND
PRO 12 POR 15 E IMPRESSO SOBRE PAPEL AVENA 80 g/m²
NAS OFICINAS DA RETTEC ARTES GRÁFICAS E EDITORA,
SÃO PAULO — SP, EM FEVEREIRO DE 2024